少年陰陽師
しょうねん おんみょうじ

少年陰陽師 拾貳

羅剎之腕

羅刹の腕を振りほどけ

結城光流—著　涂愫芸—譯

重要人物介紹

彰子
左大臣藤原道長家的大千金，擁有強大靈力。基於某些因素，半永久性地寄住在安倍家。

小怪
昌浩的最好搭檔，長相可愛，嘴巴卻很毒，態度也很高傲，面臨危機時便會展露出神將本色。

安倍昌浩
十四歲半的菜鳥陰陽師，父親是安倍吉昌，母親是露樹，最討厭的話是『那個晴明的孫子』。

六合
十二神將之一，是沉默的木將。

紅蓮
十二神將的火將騰蛇，化身成小怪跟著昌浩。

爺爺(安倍晴明)
大陰陽師。會用離魂術回到二十多歲的模樣。

朱雀

十二神將之一的火將，使的是柔和的火焰。與天一是戀人。

天一

十二神將之一的土將，是絕世美女，朱雀暱稱她『天貴』。

勾陣

十二神將之一的土將，通天力量僅次於紅蓮，也是個兇將。

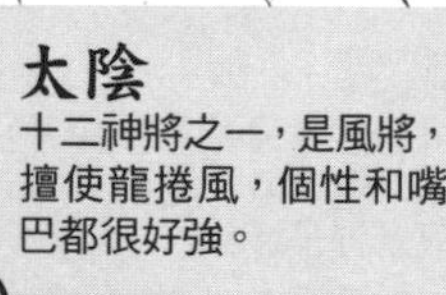

太陰

十二神將之一，是風將，擅使龍捲風，個性和嘴巴都很好強。

玄武

十二神將之一的水將，個性沉著、冷靜，聲音高亢，外型像小孩子。

青龍

十二神將之一的木將，從很久以前就敵視紅蓮。他有另一個名字『宵藍』。

章子

彰子的同父異母姊妹，命運坎坷，代替彰子成為中宮。

白虎

十二神將之一，是精悍的風將。很會教訓人，太陰最怕他。

天后

十二神將之一的水將，個性溫柔，但有潔癖，厭惡不正當的行為。

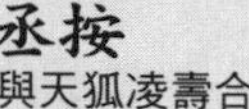

丞按

與天狐凌壽合作，企圖加害中宮的怪和尚，其實身世相當悲慘。

凌壽

邪惡天狐，屠殺了所有族人，並覬覦晶霞的天珠，是晶霞的弟弟。

晶霞

擁有強大力量的神秘天狐，屢次救了晴明，與高淤神是好友。

一条大路
土御門大路
近衛御門大路
中御門大路
大炊御門大路
二条大路
三条大路
四条大路
五条大路
六条大路
七条大路
八条大路
九条大路

大內裡
朱雀門
右京
左京
羅城門

北京極大路
N↑
南京極大路

西京極大路
木辻大路
道祖大路
西大宮大路
皇嘉門大路
朱雀大路
壬生大路
大宮大路
西洞院大路
東洞院大路
東京極大路

所有圍繞自己的東西……

都是虛無縹緲的。

如同她那給人感覺虛幻、轉眼便不幸病逝的母親，以及曾是母親奶媽的年老侍女、從母親小時候就隨侍在側的雜役及他的妻子，全都是虛無縹緲的。

她住的宅院雖在京城內，地點卻相當寂寥冷清。所謂宅院，也只有一棟主屋隔成好幾個房間，庭院又小。

她的母親是個大美人，所以驚鴻一瞥的父親對母親一見鍾情，但是，連這種事她都如風過耳，不曾在心中留下絲毫感慨。

她出生那天，去通報的雜役沒通報就回來了。

那裡的夫人剛生下千金，整個東三条府都沉浸在狂熱的喜悅中。

在那種狀況下，雜役實在說不出口，就沮喪地回來了。

她的母親聽完老侍女的報告後，只低聲說了一句：『這樣啊……』

她是個文靜的孩子，學會說話後也很少開口，從來不會主動積極地想做些什麼。

但是，偶爾來訪的父親說，東三条的大千金開始彈琴了、開始練字了，她就會跟著學琴、練字。彷彿非那麼做不可似的，跟同一天出生的大千金做著同樣的事。

回想起來，父親看著她的視線，只是透過她看著另一個人。

這是理所當然的事，沒人告訴她該怎麼做，她就自然地接受了這樣的事實。

如果沒有意外，她就會悄悄地活著、悄悄地跟某人結婚、悄悄地生下孩子、悄悄地老死，不在任何人心中留下痕跡。

1

當那種日子突然結束時，她有種大夢初醒的感覺。

『！……』

她緊緊握起拳頭。

醒來的時候，第一眼見到的是向來覺得距離遙遠的父親，還有一個初次見面的老人。

從那一瞬間開始，一切的虛無縹緲都變得鮮明了，她的命運以驚人的速度動了起來。

她從來不知道——

有所謂乍然湧現的衝動。

她從來不知道——

有所謂不能壓抑的情感。

因為在那之前，她深深相信連她自己的存在都是虛無縹緲、毫無價值的，不曾有過

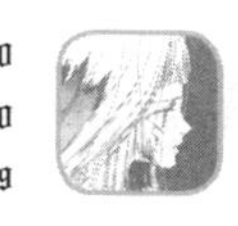

懷疑。

以替身入宮，被稱為中宮、被稱呼假名，逐漸危及她的『個體』，她卻視為理所當然，欣然承受。

她在心中暗自說服自己不用知道任何事，雖然偶爾會有某種念頭閃過，她也不會深入去思考。

『……什……麼？……』

她從來不知道淚水是溫熱的，也不知道當情感充塞到幾乎窒息時，劇烈的心跳聲是如此響亮。

淚水模糊了視野，眼睛一眨就順著臉頰滑落下來，但是，很快就又淚眼迷濛了。

心跳聲好吵。

吵得讓她聽不見其他聲音。

『……什……麼……』

為什麼？

為什麼妳在那裡？

為什麼我在這裡？

被高龗神附身的昌浩，眼神跟平常大不相同，沉穩得不可思議，低頭看著晴明說：

『……命是保住了。』

神將們苛責似的露出了嚴厲的表情，高淤感覺到那樣的氣氛，淡淡笑著說：『你們要知道，神不會那麼仁慈。』

『高龗神！』小怪不由得大叫。

高淤舉起一隻手制止它，雙眼炯炯發亮，莊嚴的視線落在它身上，發自深處的光芒立刻把小怪鎮住了。

小怪忿忿地瞇起了眼睛。

它氣高龗神借用昌浩的身體，竟然完全不壓抑神氣。

神將勾陣看到它夕陽色的眼睛愈來愈兇悍，努力保持冷靜說：

『貴船祭神啊，他可是人類呢！』

所有人都默默地看著勾陣。

『沒有抑制的神氣會侵蝕人身，祢不會不知道吧？』

高淤眨眨眼睛，微微揚起嘴角說：

『妳是指他嗎？神將。』

高淤把左手擺在胸前，興味盎然地盯著勾陣。

勾陣無言地點點頭，高淤竊笑了起來。

『人類啊……沒錯，只看外表的確是，不過……』

在旁邊滿臉緊張的彰子大氣都不敢喘一下。她被依附在昌浩身上的貴船祭神釋放出來的清靈神氣所震懾，憑著毅力把持住自己。

她雖然有驚人的靈視力，但是其他能力跟一般人沒有兩樣，高淤瞥她一眼，說：

『他不只一次釋放了妖魔的力量，誰能保證他的靈魂還是人類呢？天狐的力量會侵蝕人類的身體、侵蝕人類的靈魂。再不想辦法解決，很難避免生命提早結束的命運。』

『不會吧！』彰子驚叫一聲，反射性地抓住高淤的手說：『貴船祭神，昌浩會怎麼樣？』

『藤小姐，神未必知道一切，也未必能看透一切。』

高淤委婉地避開彰子的拉扯，把視線轉到昏迷的晴明身上。

『人的生命是在與神無關的地方運轉著，尤其是這傢伙……』

祂以大拇指指著自己附身的昌浩，無奈地聳聳肩，接著說：

『他似乎是活在遠遠超越我們思維的地方……我想十二神將的感受應該最深刻吧？』

小怪他們倒抽了一口氣。高淤說的是什麼意思，他們瞬間就理解了。

昌浩超越神所給的指示，付出種種代價生還了。

小怪說不出話來，低頭看著地上。

事情會演變成這樣，都是小怪造成的。

是騰蛇過去的罪行使昌浩的生命開始被侵蝕。這根刺深深刺進了騰蛇的心，還不時誇示自己的存在，折磨著騰蛇。

要騰蛇不能忘、不能忘。

『……唔！』

如果只有自己受到這樣的折磨，他甘心承受。但是，他最無法忍受的是波及到周圍的人。

看到小怪啞口無言、顫抖著背部的模樣，勾陣的眼睛微微顫動了一下，她很清楚自己的同袍在想什麼。

騰蛇會永遠自責，在心中某處生根的罪惡感，不管時間如何流逝都不可能消失。

高淤看著沉默的小怪，嘆了口氣，對面無表情的朋友露出苦笑說：

『妳好像很不高興呢！』

天狐晶霞沒有回應。高淤不在乎地接著說：

『這傢伙的星宿又脫離了神的管轄，很不幸，我沒有徹底顛覆命運所需要的東西。』

那必須是超越神的意旨的東西。

譬如：神力所不能及的冥府之人。

譬如：擁有上通天神力量的妖魔。

晶霞的眼神嚴厲，高淤對她微微一笑，就那樣閉上了眼睛。

淒厲的波動從昌浩身上竄出來，高高衝上天際，突破天狐凌壽製造出來的異界天空，貴船龍神就那樣消失了蹤影。

昌浩虛脫地向後仰，就那樣倒地不起了。

『昌浩！』

彰子發出尖叫聲。

昌浩虛弱地閉著眼睛，臉上毫無血色，看起來疲憊不堪。

衝到昌浩身旁的小怪啐地咂咂舌，瞪著天空暗自咒罵著：如果只是隨興來附個身，還徹底消耗他的體力，那就不要老是來附身嘛！要不然就像上次那樣，用點心讓他快速痊癒嘛！

神就是這樣，常常做些自我、隨興的事，完全不管對方怎麼想。在這種時候，那種性格是最教人生氣的事。

『昌浩、昌浩！你醒醒啊！』

彰子用力搖晃著昌浩，神將天一委婉地制止她，在她旁邊蹲下來。

仔細看過昌浩的狀況後，天一為了讓彰子安心，勸她：

『小姐，妳冷靜點，昌浩只是筋疲力盡，昏過去了。』

休息後，很快就會復元了。

『朱雀，把昌浩……』

朱雀眨眨迷濛的金色眼睛，用毫無贅肉的結實臂膀輕鬆地抱起全身無力的昌浩，扛在右肩上。昌浩下垂的雙手隨著朱雀的動作搖晃著。

天一有些困惑地說：

『你這樣扛，會給昌浩的身體增加負擔。』

朱雀皺起眉頭嘀咕著：

『我的雙手只抱妳一個人。』

天一看著說得理直氣壯的朱雀，眨了幾下眼睛，最後什麼也沒說，嘆口氣又轉向了彰子。看到彰子臉上的傷痕，溫柔的神將難過得臉都扭曲了。

『我馬上幫妳治療，請妳……』

天一再也說不下去，咬緊嘴唇，低下了頭。

披著六合的靈布的彰子，看起來狼狽不堪。

烏黑的頭髮散亂而骯髒，臉上的裂傷已經乾了，凝結成紅黑色血塊。白色單衣血跡斑斑，傷痕累累的手和腳更令人不忍心看。

『天一……』

天一忍著不哭出來，對反過來擔心她的彰子微微一笑說：

『有沒有哪裡痛？回到安倍家後，我馬上幫妳放洗澡水，讓妳把身體洗乾淨。』

撫慰的聲音情緒化地顫抖著。

沒多久，大概是忍不住了，淚水在天一眼裡打轉。

『都怪我力量不足，把小姐害成這樣！……』

他們就陪在她身旁啊！而且臥病在床的晴明、白天出仕的昌浩也把她交給了他們，深信有他們陪在身旁，絕對不用擔心。

這個少女沒有任何安倍家那種驅魔的能力，實在難以想像她受到了多大的驚嚇。

『如果我再多用點心，就不會讓妳遭遇這麼可怕的事，請原諒我……』

『天一……』

彰子思考著該怎麼說。不，這不是天一的錯，溫柔的神將沒有道理這樣責備自己。

『妳不用擔心，我沒事。不要說什麼原不原諒的，妳不是趕來救我了嗎？』

『……』

天一淚光閃閃地看著彰子，調整呼吸說：

『小姐，請妳記著……』

『咦？』

神將天一握起彰子的雙手，很認真地說：

『如果再發生這樣的事，天一會不惜拋棄生命或任何一切保護妳。』

那樣的氣魄讓彰子倒抽一口氣。

她的表情是前所未有的堅定，堅定到有些可怕。

朱雀聽到她那麼說，驚訝得張大了眼睛。

勾陣發現朱雀的臉色逐漸發白，微微皺起了眉頭。

『……』

但是，她沒有對朱雀說什麼，將視線轉向表情依然肅殺的青龍。

『晴明交給你了。』

『我知道。』

青龍低聲說，在天后的協助下，揹起了躺在地上動也不動的主人。

天狐晶霞默默地看著臉色發白、毫無反應的晴明。

『……』

平靜的眼睛深處隱約浮現茫然困惑的神色。但是，那樣的陰影很快就消失了，她緩緩環視周遭說：

『差不多到極限了。』

神將們這才發現，他們周圍被佈下了結界。結界外面開始動盪崩裂，黑暗與風混合，形成了洶湧的波濤，若不是有結界阻擋，已經毫不留情地襲向了他們。

晶霞看了晴明一眼，接著把視線轉向動也不動的昌浩。

『一旦突破防線，就很難完全控制住了。那孩子如果不努力把持住人類的心，就會被天狐的血吞噬。』

在昌浩身旁的彰子無聲地屏住了氣息，晶霞看她一眼，又接著說：

『有護身符的話，最好再給他一個。這個空間……』

黑幕到處出現龜裂，開始崩潰解體，結界被壓得扭曲變形。晶霞的銀白色頭髮飛揚起來，原本沒人注意到的天狐的通天力量更加擴散了。

『快解體了，你們既然有那樣的力量，就快回到人界，不然會死。』

『不用妳說，我們也知道！』

青龍狠狠地頂了回去。他背上的主人的魂魄，有跟肉體一樣的質量和體溫；留在人界的本體，有白虎陪伴著。

但是，只有白虎守護，很難保證凌壽不會乘這個防備薄弱的機會突襲。

青龍問天后、玄武：

『你們可以開路嗎？』

『嗯。』

天后點點頭，跟玄武一起釋放出通天力量，再次打開晴明用法術做成的前往人界的通道。

『維持不了多久，快走！』

由青龍帶頭，扛著昌浩的朱雀與小怪、天一都進入了通道內。

『小姐，快走。』

被玄武催促的彰子點點頭，但是又張大眼睛看了看四周。

『小姐，怎麼了？』

『等一下，拜託你，等一下就好。』

彰子慌張地環視周遭，玄武疑惑地看著她，搞不清楚她想做什麼。

這時，勾陣對呆站在一旁的章子說：

『我送妳回土御門府吧……中宮，妳怎麼了？』

低著頭的章子用手掌擦擦臉，低聲回說：

『沒、沒什麼。』

勾陣察覺她的聲音中少了情緒起伏，頓時皺起眉頭，一種無法形容的感覺盤據在心底，正想再開口時，被天后制止了。

『勾陣，快一點！』

天后的銀髮被通天力量的波動吹得迸散開來。

勾陣把頭一甩，抱起穿著單衣的章子，章子也乖乖地讓她抱著。

可能是發生了太多事，使中宮的情緒太過緊繃。彰子能夠穩穩地把持住自我，是因為擁有與生俱來的靈視力以及其他種種經歷。

一般人應該很難承受。

『再忍耐一下就好。』天后又轉向玄武說：『你也陪中宮回去。』

聽到高出自己許多的另一個水將這麼說，玄武顯得有些猶豫。

『可是，只靠妳一個人……』

天后淡淡笑著說：

『放心吧！只剩下彰子和六合了。』

說完，她的眼神轉為銳利，盯著晶霞。

『天狐具有上通天神的強大力量，應該不需要我們十二神將的幫忙吧？』

晶霞雙臂環抱胸前，看著彰子，完全不在乎天后近乎敵意的視線。

『沒錯，力量薄弱的神將反而會阻礙我。』

『妳！……』

『做個人情給妳……在時間到之前，好好保護晴明吧！』

晶霞打斷情緒激動的天后的話，雙眼炯炯發亮。那股氣勢堵住了天后的嘴，勾陣代替她問：

『什麼時間？』

『不知道。』

『如果保護得了，就能救晴明嗎？』

勾陣詢問的語氣非常平靜，晶霞也平靜地回答她：

『倘若天命與星宿都呈現那樣的結果……』

彰子東張西望地，似乎在尋找什麼。六合站在她背後。

應該是因為披著自己的靈布，減輕了傷口的疼痛，否則彰子不可能像沒事般地到處走動。

回到安倍家之後，天一就會替她醫治所有的傷；靠靈布的力量，只能控制到某種程度。不能再待在這個空間裡了。

向來沉默寡言的他只能很有耐性地默默跟在彰子背後。彰子應該有感覺到他的視線，但沒有回頭，是想裝作沒發現吧？

她在天狐力量所及的範圍內走動，焦躁地看著四周。

六合瞥了同袍一眼。

留在最後的天后欲言又止地看著彰子，只是這樣看著，是因為她也發現彰子的樣子不太對勁。

六合輕輕嘆口氣，終於開口說：

『彰子小姐，妳到底……』

『找到了！』

彰子驚呼一聲，在天狐力量做出來的結界壁壘前跪下來。

『猿鬼、獨角鬼，你們沒事吧？』

身體僵硬、抖個不停的兩隻小妖猛地抬起頭來。

『啊！小姐。』

『我們、我們前進不了……』

崩塌逐漸逼近，兩隻小妖被擋在看不見的壁壘外，只能蜷曲著抱在一起。

彰子伸出去的手也被阻擋住了，她用手掌摸索了一下，碰觸到結界壁壘，於是回頭對晶霞說：

『求求妳放它們進來。』

『它們只是沒用的妖孽。』

『可是它們很努力地想救我，而且，如果它們死了，昌浩也會很難過的，所以求求妳……』

原來彰子是在尋找被凌壽利用著把自己拖進這個空間的小妖們。丟下它們不管，它們鐵定會死，所以她才竭盡所能地尋找它們。

晶霞斜眼看著彰子，微微聳聳肩，趴在壁壘上的兩隻小妖就滾到了彰子腳邊。不知道發生什麼事的小妖張大了眼睛，彰子雙手抱住它們，向六合道歉。

『對不起，我……』

『要道歉等回安倍家再說吧！現在最重要的是離開這裡。』

要說的話被缺乏抑揚頓挫的聲音打斷，彰子默默地點了點頭。

六合、彰子與等在通道入口的天后一起離開了異空間。

就在這時候，天狐的力量消失了，凌壽做出來的異空間應聲崩裂。

✦ ✦ ✦

睜開眼睛，已經站在熟悉的庭院裡了。

『這裡是……安倍家？』

『嗯，小姐，快放下小妖，進去屋裡吧！』

在天后的催促下，彰子聽話地把猿鬼和獨角鬼放到地上，但是兩隻小妖都抽抽噎噎地抓住彰子的衣服下襬不放。

『小妖，快回去你們的巢穴！』

六合低聲咆哮，兩隻小妖還是猛搖頭，不肯走。

天后的眼神變得犀利，頭髮在水的波動下微微飄浮起來。

『現在是非常時期，沒有時間跟你們耗。你們到底想怎麼樣？』

她的表現一點都不激動，語調卻很尖銳。兩隻小妖像挨了打一樣縮成了小小一團。

彰子蹲下來說：

『你們怎麼了？我沒事啊！』

『小……姐……對不起……』

『我們、我們……』

我們害妳受了重傷，我們害妳遭遇到那麼可怕的事。

妳再怎麼相信昌浩一定會來救妳，也不可能因此就不害怕，傷口更不會因為相信昌浩就不痛了。

『傻瓜。』

彰子笑了笑，用髒髒的手輕輕撫摸兩隻小妖的頭，又對它們說了一次：

『傻瓜……放心吧！我已經不痛，也不害怕了。』

『這就是所謂的逞強。』

像小孩子般高亢卻強勁有力的聲音從旁插入。

是先回來的小怪，不知何時站在外廊上，夕陽色的眼睛閃爍著兇光。

猿鬼和獨角鬼都嚇得直發抖。

它們都知道小怪的真正身分，彰子似乎不知道。既然大家有意瞞著她，它們就絕對不能告訴她。

小怪像大貓又像小狗的身體覆蓋著白毛，脖子四周圍繞著一圈勾玉般凸起，有長長

的尾巴和長長的耳朵，額頭上有花朵般的紅色圖騰。四肢前端的五隻黑色爪子非常銳利，可以在瞬間把小妖們碎屍萬段。

彰子轉過頭。

『小怪。』

『快進去，雖然四周有結界很安全，可是妳待在庭院裡，我們就不放心。』

小怪把尾巴一甩，揚起下巴。

『而且，昌浩已經醒了。他沒看到妳很擔心，去給他看看吧！』

天后看到小怪出來，立刻背向它，隱形了。小怪也注意到了，但是假裝沒看到，它早已習慣了。

兩隻小妖終於放開了彰子的衣服，她急忙地走向昌浩的房間。

目送她離開後，小怪走下庭院，瞪著小妖們說：

『今天發生了太多事，搞得我心情很不好，你們最好快點滾。』

聽到小怪撂狠話，猿鬼和獨角鬼沮喪地走到牆邊，縱身跳到牆上，站在那裡看著兩名神將。

『幹嘛？』

眉頭深鎖的小怪沒好氣地問。猿鬼把嘴抿成ㄟ字形說：

『我們……可以再來嗎？』

獨角鬼快哭出來了，強忍住淚水說：

『可以嗎？可以再來嗎？……』

六合交互看著戰戰兢兢詢問的兩隻小妖，不知為何，瞥了小怪一眼。

擺著臭臉沉默不語的小怪，甩甩尾巴，聳起肩膀說：

『去問昌浩跟彰子，不關我的事。』

這裡是安倍家的宅院，十二神將沒有權力決定任何事。

『那麼，只要孫子跟小姐答應就可以囉？』

『可以吧？』

小怪轉過身說：

『隨便你們。』

說完就進屋裡去了。目送它離去的猿鬼和獨角鬼看起來真的很開心，從牆上跳了下去。

默默旁觀的六合輕輕嘆口氣。

這時，隱形的天后現身了。

『六合，晴明要我傳話給你。』

六合黃褐色的眼中浮現一抹疑惑，他甩動茶褐色的頭髮，轉向天后。

『晴明說了什麼？』

在事發之前，晴明就作了交代。

『如果昌浩的護身符道反丸玉出了什麼狀況……』

2

四周一片靜寂。

『中宮，今晚的事不要告訴任何人。』

追隨陰陽師的兩名式神只說了這句話，就消失不見了。

她全身僵硬地窩在床帳裡好一會兒。

似乎沒有人發現她被帶去了異空間，土御門府正沉睡在寧靜中，等待黎明的到來。

她悄悄拉開床帳，窺視外面。巧妙地擺設在床鋪周遭的帷屏絲毫沒有被移動過的跡象。風從格子門的縫隙吹進來，吹得竹簾不時輕輕搖晃，帷屏上的垂幔也微微動盪。

章子嚇得縮起身子，趕緊回到床帳內，蹲坐在被子上，雙手環抱著自己。

雖然身在黑暗中，憑感覺還是知道平常由侍女幫她梳理的烏黑秀髮變得凌亂不堪，她試著用手指梳理，發現處處打結，表情不由得扭曲起來。

『……不是夢……』

這麼喃喃自語後，更增添了真實感。

不是夢。

真的有可怕的東西闖入，把自己帶走了。那個可怕的怪和尚，還把自己逼入了超越極限的危機中。

就在她絕望而死心時，那個少年出現了。

章子閉上眼睛。

因為抱定了必死的覺悟，所以不相信他會來。但是，現在自己的確平安回到了土御門府。

因為他——安倍昌浩遵守了諾言。

因為他遵守諾言，保護了自己。

『諾言……』

——我是答應過要保護妳的陰陽師。

第一次見面的那個黎明，他留下了這句話。之後，又對召他來土御門府的章子說了同樣的話。

——陰陽師會保護土御門府的小姐。

他說他絕對不會違背承諾。

『可是……』
章子甩甩頭。
那麼，他是對誰許下了這樣的承諾呢？不是對章子。他是對某人許下了承諾，才來保護章子。
她對著虛空不停地問到底是誰，最後得到的答案是——跟自己長得一模一樣的另一個少女。
她緊抓著衣服，喃喃說著：
『為什麼……』
他說會保護我，卻丟下我離開了。再回來時，他的身旁理所當然地多了一個她。
你不是說你會保護我嗎？
這句話湧上喉頭，但是還沒有發出聲來，就被心中的其他情感壓下去了。
為什麼？為什麼？
抓著衣服的手指逐漸發白。
她抬起頭，咬著嘴唇喃喃說著：
『為什麼是妳待在他身旁？』

✦ ✦ ✦

你回來做什麼？

突然被這樣大聲斥責，攪亂了他的思緒。

——因為我有種不祥的感覺……

真的。

心情亂到無法收拾，胸口騷動不安。

又有另一個聲音對他說：不是叫你不要回來嗎？

可是……

他極力辯駁。

——我不放心啊！何況那邊也批准了，他們說確定沒事後，趕快回去就行了。

因為某些因素，他從前天起就被寄放在離家有段路的小寺廟裡，他自己並不知道原因。

他離開時對大家說『我很快就回來了』，大家也笑著回他說會等他回來，就那樣送走了他。

然而，應該笑著迎接他的族人，現在卻用嚴厲的表情看著他。

到處飄浮著悲痛的氣息。事後他回想起來，才知道那是絕望之餘醞釀出來的氣息。

逃不開的命運就要來臨了。

他是所有族人拚了命守護的唯一生命。

快點離開這裡！

有人推他的背。

——我不要，我也要待在這裡。

如果沒什麼事，我明天就走，讓我在這裡過一夜，只要沒事……

不行！

有人疾言厲色地回答。

你走就是了，再也不要回來了。

快點。

快點走。

連向來溫柔賢淑的女人都兇巴巴地趕他走。

思緒愈來愈混亂的他，不小心踢到兩個衝到他腳邊的小小身影。

好可怕、好可怕，每個人的臉都好可怕。

你不要走，我們好害怕，在這裡陪我們。

他蹲下來抱住他們兩人。

──我不會走，我會留下來陪你們。好了，不要哭了，丞，你是按莉的哥哥啊！哭成這樣會被笑哦！

年幼的弟弟聽到他這麼說，邊流淚邊點頭，更小的妹妹也緊抓著他不放。

橫眉豎眼地看著他們三人的大人們，不時窺視著外面。

──怎麼了？爺爺，大家都好奇怪！

就在他忍不住這麼大叫時，闖入了好幾個身影。

他試著逃跑，但是不行，被團團圍住出不去了。

所有人都看著他。

寂靜如打水漂的漣漪般擴散開來。

他有預感。

他豎起耳朵傾聽，連呼吸都忘了。

赤裸的腳尖碰觸到的東西，據說是很久很久以前，祖父的祖父從大陸帶來的傳家秘寶。

祖父把這個傳說絕對不可以打開的東西塞到他懷裡後，好幾個男性族人一起把他推進了櫃子裡，還很嚴厲地叮嚀他不要亂動、不要出聲。

不斷傳來刺穿耳朵的聲音。

他無法判斷那連續不斷的聲音是什麼。

不，他知道，只是不想承認。

那是震耳欲聾的慘叫聲，淒厲到不只是慘叫那麼簡單，幾乎是垂死的哀嚎。

淚水沿著臉頰滑落下來。

他聽著垂死的哀嚎，腦海中浮現的是祖父的話。

——這東西由你繼承。

腳尖碰到的冰冷陶器是個小小的甕，開口用特殊的泥土封死了，裡面裝著他們族人非封鎖不可的東西。

——絕對不能開封，也不能打破，要保存一輩子，再傳給下一代。

他聽到可怕的聲音，是像怪物般恐怖、猙獰的嘶吼聲。

『你們把事情搞砸了！』

『我接到命令，要用你們的血贖罪……』

某種東西碰撞的聲音和痛苦掙扎的哀嚎，蓋過了那樣的嘶吼。

附著在他耳裡那怪物般的嘶吼揮之不去。

貫穿他凍結的心，流出血來。

他在心中呼喊家人的名字，一次又一次不停地呼喊。

但是，沒有得到該有的回應，腦海裡閃過父母不安地交頭接耳的模樣。

——這次的工作可能會有點麻煩。

但是，為了過安穩的生活，我們需要庇護，這是無法避免的事。

——我有不祥的預感。

另一個柔和的聲音充滿了憂慮。

——在這個工作結束之前，你最好先躲起來。

叔叔僵硬的聲音與那個聲音重疊了。

還有年幼的弟弟、妹妹的笑聲。

——你要快點回來哦！

——要帶禮物回來哦！

不知道過了多久，感覺都麻痺了。

櫃子不是密閉的，外面的氣息會鑽進來。

在只聽得見自己心跳聲的黑暗中，鼻子聞到的是血腥味。

心臟怦怦跳著。

——爺爺……

他沒有發覺自己在喃喃自語，開始拳打腳踢地掙扎。

門被什麼重物壓住了，打不開。

還是小孩子的他用力往外推，把重物和門一起推開了。

嘎噠——響起一陣笨重的聲音，還有水濺開的聲音。

月光從破裂的木拉門照了進來。

即使沒有月光，他應該也看得見。

因為被關在黑暗中太久了，而且祖父教過他透視黑暗的法術。

周遭都是一攤攤的黑水。
面目全非的族人們悲慘地躺在黑水裡。
刺鼻的血腥味被風徐徐吹散。
茫然站著的他，踢到了腳下的甕。
他緩緩低下頭看著那個甕，伸出了手。
『為什麼……』
他低聲呻吟著，顧不得滿臉的淚水。
剛才壓在櫃子門上的是……背上插著一把斷刀的祖父。
他抱起甕，在宅院裡搖搖晃晃地走來走去。
他們族人住在遠離京城的深山裡，所以，今晚的事恐怕不會有人知道，就這樣隨著時間消逝了。
『可是，爺爺……我知道……』
他並不知道為什麼會發生這種事。
但是他知道庇護他們族人的貴族的名字，知道那個委託他們危險工作的男人的名字。

他停下腳步。

剛才纏著他不放的兩個孩子躺在地上。

他無力地癱坐在已經變得冰冷的黏稠水窪裡，放下甕，抱起失去一隻手的弟弟和被壓在下面的妹妹。除了胸部被一把刀貫穿之外，妹妹身上沒有其他傷痕，沾滿血的臉蛋天真爛漫，看起來很安詳，跟弟弟痛苦、扭曲的臉成對比。

——我好怕、好怕哦……

『可是……丞是哥哥啊……』

他抱緊兩人還有一點體溫的屍體，嗚咽地哭泣著。

為什麼只有自己受到保護？

為什麼只有自己活了下來？

發生了什麼事？為什麼會變成這樣？

他曾有預感。

他們族人具有特別的力量，也有運用這種力量的法術。

為什麼全族人有這樣的法術，還會死得這麼慘？

他把手伸進血水裡，濺起了黑色飛沫打在臉上。

從沾滿手掌的液體中，他可以問出什麼來，這是祖父教給他的法術。

為了讓他成為長老，帶領下一代。

現在，身為最後一個子孫，有件事他非做不可。

『為什麼……』

他有如萬箭穿心般痛苦地吶喊著。

血告訴了他真相。

『……藤原，你竟然這樣對待為你使用法術的族人！』

倒在血泊中的饕嘎咚動了一下。

——來，刻劃在你胸口吧！

被封在裡面的東西窸窸窣窣地蠕動著，搔著他的心。

我不會忘，不可能忘。

我會讓你嘗到同樣的滋味。

就算不擇手段，我也要做到。

✦ ✦ ✦

要從那個異空間回到人界，必須動用極大的法力。

『那個可惡的怪物……』

丞按躲在沒有人會注意到的廢棄小廟裡。

面如土色，額頭冒汗。

他不耐煩地摘掉斗笠，用袖子擦擦額頭，忽然按住了胸口。

怦然湧上一股強烈的衝動，他覺得喘不過氣來，所有聲音瞬間遠去了。

……

孩子們在遠處嬉笑著。

幾個身影在眼底浮現又消失，死去的臉在月光中看似純真地沉睡著。

又竄起一股衝動。

丞按佈滿血絲的眼睛瞪著半空中。

『還不行……』

在體內騷動的東西像等不及似的叫喊著，丞按使盡全力鎮壓，發出令人毛骨悚然的

冷笑。

『就快了……』

在那之前，稍安勿躁。

這樣掙扎了一會，他覺得衝動逐漸平緩下來了。

丞按深深嘆口氣，毫無感覺地看著因為握得太緊而滲出血來的手心。

他整個人融入黑暗裡，從皮膚裂開的傷口流出來的血卻還是紅的。如果變成黑夜般的顏色，不就能更強烈感覺到自己是個怪物嗎？

『等著瞧吧……』

眼角餘光掃到一個黑色物體。

他悄悄地往那裡看。

沒有點燈的屋子裡，不知何時多了一個異形怪物，靠著柱子，興致盎然地望著丞按。

雙方沉默地相望著。丞按以肅殺的視線看著凌壽，凌壽卻顯得毫不在意，還露出淡淡的冷笑。

『怎麼了？你好像很虛弱呢！』

『你給我滾！』

丞按兇狠地咒罵。凌壽冷笑著說：

『告訴你一件你會有興趣的事。』

他停頓了一下，觀察丞按的反應。

面如灰土的怪和尚還是一樣不發一語地瞪著天狐。

對這個怪物真的不能掉以輕心。

再不趕快行動，等中宮『彰子』進了皇宮，那裡有固若金湯的壁壘，就再也不可能出手了。

中宮必須在他完成企圖後才能入宮，那之後，即使這條命被黑暗完全吞噬，他也了無遺憾了。

因為，這條命早在很久以前就該失去了，現在更沒有理由眷戀。

丞按毫不掩飾猜忌，冷冷地看著凌壽。

完全看不出這個異形怪物在想什麼，但是，他擁有遠遠凌駕自己的妖力。

這個怪物只想取得自己的獵物，幫忙丞按不過是餘興節目，好玩幫幫他，消磨時間而已。

既然這樣，丞按當然也要好好利用他。

『說來聽聽啊……』

丞按不屑地揚起下巴催促淩壽。只見淩壽微微動著嘴巴，不知在嘀咕些什麼，卻沒有發出聲音來。

然後，他拔起一根自己的頭髮丟出去。

長長的頭髮像有生命的物體般，扭擺著兩頭相接，形成一個圈圈，裡面隱約浮現出人影。

『我會讓你也看得見……你知道那是什麼嗎？』

圈圈裡是兩個人影。

凝視著圈圈的丞按，漸漸把眼睛張大到不能再大。

『什……麼？』

他的反應果然如自己所預期，天狐淩壽在喉嚨深處竊笑著。

沒錯，你什麼都不知道，所以老是作出錯誤的判斷，眼睜睜地看著獵物溜走。

兩個長得一模一樣的少女。

一個身穿白色單衣，環抱雙臂，表情扭曲。

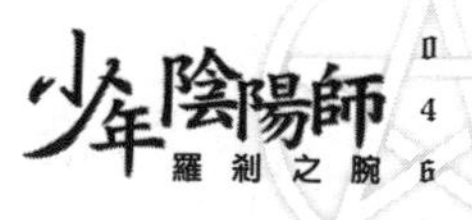

一個披著深色布條，依靠在某人身旁。

丞按發出呻吟般的怪聲說：

『有兩個中宮！』

披著長布條的少女，臉上被指甲抓過，傷痕清晰可見，那是被丞按放出來的幻妖抓過的傷痕。

丞按在記憶中搜尋。

在異空間，他把捉來的中宮『彰子』關在魔法陣裡，正要把魔物植入她體內時，那個礙眼的陰陽師冒出來壞了他的好事，就是那個率領十二神將的安倍家小孩。

——我說過我會保護中宮！

那孩子雖然充滿熊熊鬥志，卻顯得很冷靜，給了十二神將明確的指示，把中宮『彰子』從魔法陣救了出來。

當中宮『彰子』再次出現在一度撤退的他面前時，只有孤零零一個人。

身旁不見安倍家的孩子和十二神將的她瞪著丞按。

他張大了眼睛。

長相一樣的兩個少女。

安倍家的小孩察覺負傷少女的危機時，是怎麼稱呼她的？

是不是把之前稱為『中宮』的少女叫成了『彰子』？

態度一百八十度大轉變，毫不掩飾他的激情，自動釋放出可怕的力量，粉碎了丞按築起的不破壁壘。

他不可能不知道那麼做的後果啊！

丞按握緊手中的錫杖，小金屬環喳鈴作響。

他以杖頭敲打著地面，好不容易才擠出話來：

『哪個才是中宮？』

同樣的臉、同樣的聲音，但是心卻完全不一樣的兩個少女。

丞按的眼中燃燒著熊熊怒火，狠狠地瞪著凌壽。

『你一定知道，快告訴我哪個才是真的中宮「彰子」！』

丞按把錫杖前端指向天狐，緩緩站起來。

體內湧現的衝動愈來愈強烈，丞按眼底閃爍著可怕的光芒。

凌壽直視那非人的眼神，輕輕聳動肩膀說：

『我怎麼知道呢？……哎喲，不要生氣嘛！我對哪個是真的沒興趣，所以真的不知

道，不過……』

凌壽忽然指著兩人的身影，瞇起了眼睛。

『我可以確定被送回土御門府的是沒有受傷的那個，既然你那麼想知道，就自己去查吧！我也可以幫你……不過，看你的樣子並不想要我幫忙，那就算了。』

天狐轉過身去，對丞按揮了揮手。

『再見啦！丞按。』

『等等！』

說時遲那時快，丞按的錫杖前端揮向了天狐的右臂。

天狐背後的氣息瞬間變得冰冷。

凌壽偏過頭，眼睛炯炯發亮。

『你幹什麼？』

丞按揚起嘴角說：

『你的傷口是怎麼回事？天狐，遠遠超越人類的怪物也會落敗？』

看到丞按充滿嘲笑的眼神，凌壽掩不住怒氣說：

『區區人類少廢話！』

『被我說中了？』

丞按又補上一句，收回錫杖，順手敲落那根頭髮，兩個身影在瞬間消失了。

身體不聽使喚，昌浩只好乖乖躺著。

想爬起來也使不上力，只能這麼做，可是一顆心七上八下，完全沉不住氣。

一睜開眼，就看見小怪夕陽色的眼睛正盯著自己。

啊！小怪。他迷迷糊糊地這麼一叫，就被瞇起圓圓大眼的小怪用前腳狠狠地敲了一下頭。

幹什麼啊？他這麼抗議，卻沒得到回應，正覺得莫名其妙時，視野閃過一陣金色光芒。

『你還好嗎？』

比萬里晴空還要清澈的雙眸，看似強忍著傷痛。昌浩一時說不出話來，只能默默地點個頭。

溫柔的天一又憂心地問：

『有沒有哪裡痛？覺得怎麼樣？』

被天一這樣反覆詢問，昌浩便想要檢視自己的身體狀況，這才發現沒辦法照自己的意志行動。

因為使不上力，連舉手都很困難的他，並不覺得哪裡疼痛，所以想搖頭表示還好，可是連這麼做都很困難，只好從乾涸的喉嚨拚命擠出聲音說：

『我……沒事……』

光這樣，就覺得更累了。

望著天花板做了好幾次深呼吸後，昌浩才想起不久前發生的所有事情。

『唔！』

他想跳起來，卻做不到，身體只微微動了一下。

他拚命看著周遭。

好暗、好熟悉的空氣，這裡是自己的房間。

心臟撲通撲通猛跳。

原本使出吃奶的力氣抓住祖父衣袖的手現在空了，無力的手指抓破虛空。

『爺爺、爺爺呢？』

昌浩頓時臉色發白，呼吸急促，天一把手搭在他肩上，安撫他說：

『冷靜點，晴明的天命稍微延緩了，他還活著，所以，請不要……』

昌浩緩緩抬起頭，茫然地重複天一的話：

『……還活著？』

天一肯定地點點頭。

『是的，請放心，貴船祭神高龗神發揮了慈悲心。』

昌浩的眼睛亮了起來，連眨都忘了眨，用嘶啞的聲音說著：

『是高淤神……』

冷酷、嚴厲、清靈、隨性、偶爾給人可怕的壓迫感，還會隨意拋出無情選擇的那個神，有時比任何人都慈悲。

昌浩頓時覺得渾身無力。

祖父還活著，希望沒有消失，既然神發了慈悲心，路就一定走得下去。

昌浩才鬆口氣，突然又張大了眼睛。

『彰子呢？天一、朱雀，彰子怎麼樣了？她沒事吧？』

天一與朱雀相對互望，那樣子讓昌浩覺得很不安，有種心臟快被冰冷的東西捏碎般的焦躁感。

他掙扎著想爬起來，用手肘撐住身體，喘著氣使出全身力量。

小怪卻用尾巴掃過他的手肘。

『唔哇！』

昌浩撐不住而倒下了。小怪嘆口氣，對他說：

『我這就去帶她來，你等一下。』

小怪轉過身去，高高聳起肩膀。

在昌浩醒來之前，它擔心得不知如何是好，可是，聽到昌浩發出迷糊的第一句話，就突然一肚子火。

釋放天狐的力量會削減昌浩的生命。

那孩子卻毫不猶豫地釋放了血的力量，不顧自己死活，以全副精神擊碎了怪和尚築起的壁壘。

它可以了解昌浩的心情，它知道那時候昌浩只能那麼做，現在也這麼認為。

但是，它還是受不了昌浩如此輕易拋出自己的生命。

小怪滿臉苦澀地叨唸著：

『祖父跟孫子都一樣，從來都不會替我們想想……』

拜託你們，不要那麼輕易拋棄自己的生命啊！

匆匆趕往昌浩房間的彰子，臉上的傷痕令人心疼。

小怪斜眼往上看，皺起了眉頭。

『喂！彰子……』

『什麼？』

小怪的聲音聽起來有些沉重，彰子不由得停下腳步。

在視線下方的小怪，表情出奇地認真，彰子下意識地挺直了背。

『怎麼了？小怪。』

『可以拜託妳一件事嗎？』

彰子疑惑地看著小怪，因為小怪很少這樣跟她說話。

『那傢伙現在正處於危險邊緣，走錯一步就會陷入一片黑暗的地獄，什麼也看不見。』

夕陽色的雙眸往屋裡瞥了一下，光這樣就知道小怪說的是昌浩了。

彰子默默等著它繼續說下去。小怪思考著該怎麼說才好。

『從以前到現在，引導他往前走的指標從來沒有動搖過，他只要相信那個指標就行了。但是，那個指標並不是永遠的……一旦意識到這一點，才知道是如此地脆弱、無常，令人難以置信，不知所措。』

——爺爺，您不能死啊！

悲痛的吶喊聲在耳邊繚繞著。

那個躺在地上動也不動的年輕人，彰子第一次見到他時，十二神將稱呼他為『晴明』。

當時她只顧著支撐傷痕累累的昌浩，沒有想太多，現在冷靜下來回想，才發覺不太對勁。

安倍晴明是高齡八十的曠世大陰陽師，彰子所認識的晴明滿臉皺紋，頭髮和鬍鬚也全白了。

突然，她想起前幾天剛見過面的昌浩的哥哥們，他們的長相似乎跟那個年輕人有幾分神似。

更令人不解的是，昌浩叫他『爺爺』。

即使她當場產生了這樣的疑問，不過，在那麼緊張的氣氛中，她大概也無法開口問是怎麼回事。

她握緊還披在身上的深色靈布，小聲地問：

『那個被大家圍繞的年輕人是晴明嗎？』

小怪滿臉驚訝地張大眼睛說：

『原來妳不知道啊？』

彰子默默點了點頭，小怪露出困惑的表情，用前腳靈活地抓著頭，有所猶豫似的飄移著視線。

『這件事應該沒必要隱瞞。』

小怪甩動兩隻耳朵，皺起眉頭，就那樣背對著彰子。

『但是，他也沒准許我說。』

低沉但洪亮的聲音浮現笑意。

『在這種狀況下，他應該會笑著說這也是沒辦法的事，他就是這種人。』

小怪抬頭看著在它後面現身這麼說的勾陣，露出不以為然的表情。

勾陣淡淡笑著，對彰子說：

『妳想得沒錯，那就是安倍晴明。他使用法術把魂魄從身體分割出來，形成了那個

模樣。』

『哦……』

應該還有很多彰子不知道的事吧！不該知道的事就不必知道，該知道的事總有一天會知道。

小怪滿臉不高興地瞪著勾陣說：

『中宮章子呢？』

『我們把她平安送回家了。玄武去了晴明的本體那裡，所以我來這裡看看。』

『這樣啊！』

小怪輕輕嘆口氣。在昌浩復元之前，最好分出一點戰力防衛土御門府。這座宅院有安倍家命中注定的機緣和晴明的靈力守護，而土御門府只有昌浩佈設的結界，事實已經證明很容易被天狐的力量打破。

『昌浩的狀況呢？』

『一醒來就喊著「爺爺」，冷靜下來後又開始喊「彰子」，完全沒想到自己。』

『他就是這樣啊！』

勾陣笑了起來，小怪還是一副氣嘟嘟的表情。

『總之，彰子……』

彰子再次看著小怪。

這個全身白毛、抬頭看著自己的異形，非常誠懇地對她說：

『那個笨蛋晚熟、遲鈍又不懂得多想一下，很多事我們都阻止不了，妳是最後一道防線。』

小怪停頓了一下，深深嘆口氣，又接著說：

『晴明也是這樣……不管式神怎麼說，人類就是那麼頑固、倔強，說也說不聽。十四歲的昌浩也證實了這一點，真是讓人傷透腦筋。』

這應該是絲毫不假的真心話吧！小怪表情凝重，眉頭深鎖著。

神將勾陣又接著說：

『彰子小姐，請妳記住，不管我們說得再多，或企圖強硬地達成目的，最後都會被推翻。』

彰子訝異地張大了眼睛，勾陣帶點自嘲地笑了起來。

『別忘了，最後還是只有人類的心可以戰勝人類的想法……小怪，我這麼說，對吧？』

最後這句是對在她腳邊把嘴巴抿成ㄟ字形的小怪說的。

小怪沒回答，只是聳聳肩，這應該是意味著『對』吧？勾陣的眼角泛起了笑意。

她不像平常那樣叫小怪『騰蛇』，是因為不打算讓彰子知道這個異形的真正身分。

這是小怪——紅蓮的決定，昌浩、晴明和勾陣都知道，所以彰子恐怕一輩子都不會知道真相。

『——』

小怪無趣地看著比自己高出許多的勾陣，如果恢復真面目，就會換成它低頭看著勾陣了。現在的它真的很想交叉雙臂斜瞄勾陣，可是有什麼都不知道的彰子在場，由不得它那麼做。

勾陣一把抓起嘀嘀咕咕的小怪放在肩上，低聲說：

『你好像很有意見呢！』

『我哪有？……對了，勾陣，我不是怪物，不要連妳都叫我小怪。』

小怪不滿地這麼說，把臉撇向一旁。

勾陣邊在心底竊笑，邊催促彰子說：

『小姐，妳怎麼不走了？昌浩在等妳吧？』

3

躺在安倍家房裡的老人動也不動一下。

白虎神情凝重地盤坐在他身旁邊。

玄武現身，環顧房內，困惑地皺起眉頭。

『白虎，晴明怎麼樣了？』

『他在這裡。』

白虎指著本體，安倍晴明的確是在這裡。

『不，我說的是被青龍他們帶走的魂魄。』

身體壯碩的中年神將無言地敲敲地板，示意玄武坐下來。

外表像孩子的同袍聽話地坐下來後，白虎嘆口氣說：

『魂魄被送到異界了。』

『什麼？你是說我們那個異界？』

白虎點頭回應，將雙臂環抱胸前。在十二神將中，他的肌肉最發達，連上臂都比玄

武的腳還粗。

『有青龍陪著他。不過，異界本來就有天空和太裳在，召回青龍只是為了預防緊急狀況。』

✦ ✦ ✦

青龍帶著晴明的魂魄回來，是不久前的事。

白虎察覺到他們的氣息，抬起頭來，青龍就揹著晴明出現在他面前了。看到青龍背上的晴明面如死灰，連白虎也嚇壞了。

雖然天命未盡，卻也不是完全被救活了。聽到青龍這麼說，玄武的背又掠過一陣寒顫。

青龍把魂魄放下來，忽然皺起起眉頭，露出沉重的表情。

過了一會，他懊惱地咂咂舌說：

『這個笨蛋！』

『怎麼了？罵沒有意識的人也沒用吧？』

青龍瞪著這麼勸他的白虎，沒好氣地說：

『我們可沒有能力解除離魂術。』

聽到這裡，玄武也大吃一驚，這是他們從沒料到的狀況。

看到玄武驚訝的樣子，白虎輕輕摸摸他的頭，點點頭說：

『晴明的法術可以說是脫離了常軌，雖然是人類的力量，卻也融合了異形的底子。而且，陰陽師的法術必須由陰陽師來解除才行，否則可能會有危險，尤其是這傢伙的法術……』

他瞥了晴明一眼，又說：

『一般陰陽師恐怕解除不了這個離魂術，所以我們兩個人都不知道該怎麼辦。』

就在那時候，響起留在異界的神將天空的『聲音』。

《把他的魂魄帶來這裡。》

統率十二神將的天空莊嚴地命令驚訝的青龍和白虎兩人。

《把晴明帶來，他的魂魄留在人界太危險了。》

玄武鬆了口氣。

那麼，晴明的生命現在是在天空的庇護下，這樣就沒什麼好擔心了。天空沒有攻擊的力量，但是，卻擁有十二神將中最強的防禦能力。

由他築起的結界，會比自己和天一的結界更強韌而且持久。

『那麼，不管怎麼樣，晴明都不會有事了。』

『也不全是這樣。』

『為什麼？』

玄武差點跳起來，白虎按住他的頭讓他坐下來，面有難色地說：

『人類不能在異界停留太久。』

玄武倒抽一口氣，咬住了嘴唇。沒錯，更何況晴明還是處於魂魄狀態，比活體更脆弱。

『有天空、太裳守護，還有青龍和那個活蹦亂跳的野丫頭陪著，暫時不用擔心。所以天空指示我們，在這段期間要設法讓晴明恢復靈力。』

只要恢復靈力、喚回意識，魂魄自然就會回到本體。

在那之前，狀況非常不穩定，魂與魄也很可能分離。長期這樣下去，不用等到天命結束那天，晴明就一命嗚呼了。

『……』

沉穩的聲音又接著鼓勵玄武說：

『他需要的是意志力與力氣……這些我們都無能為力，只能在這裡守護著他的本體。但是當危險接近本體時，還是需要我們的力量，所以千萬不能沮喪。』

被輕輕敲了敲頭的玄武，低下頭來，點了點頭。

神將太陰抱著膝蓋，坐在躺著的晴明身旁。

晴明蒼白的臉像是雕像一樣。太陰從他在這個年紀時就跟隨他了，所以看著這張臉難免覺得懷念，只不過，現在實在沒有心情沉浸在回憶中。

她瞥一眼周遭，看到背對著自己的青龍。他弓起一隻腳，顫抖著肩膀，顯然是在生氣。

『他會不會是怕你生氣，所以不敢醒來？』

太陰愁眉苦臉地看著年輕主人的臉。

周圍環繞著神將天空佈設的結界，守護晴明的魂魄。

她怕白虎，對天空也有幾分敬畏，又不擅長應付青龍，對騰蛇更是懼怕得不知如何是好。

只要有青龍跟太陰在，天空和太裳就會離開晴明身旁。很難想像會有魔手伸入這個異界，但也不能說絕對不會有。

天空他們守在結界外。

在人界的本體應該還持續著生命活動，但是，拖久了就會逐漸衰竭，導致心臟停止。人類的身體真的很脆弱，所以十二神將會自然痊癒的傷，也很可能成為人類的致命傷。

死亡離十二神將很遙遠，是很難遇到的現象。

不過，死亡並不是不會來臨，她也曾經經歷過。

光想到那件事，她的心就會發冷。青龍雖然從來沒有表現出來，但一定也是同樣的心情。

她看著逐漸失去生氣的主人的臉，更抱緊了自己的膝蓋說：

『所以我最討厭人類了……』

因為不管怎麼奮力掙扎，最後還是會輕易拋下他們而去。

看到拉開木門衝進來的彰子，昌浩才安下心似的垂下了肩膀。

『彰子……』

但是他很快又板起了臉，因為彰子還是被怪和尚痛擊的模樣。雖然她身上披著六合的靈布，看不到衣服的慘況，不過還是看得到凌亂的頭髮、傷痕累累的臉頰，和皮膚上乾掉、凝結的血塊。

昌浩拚命把不聽使喚的手伸向彰子。

『傷口痛不痛？還好嗎？』

彰子就快哭出來了，卻還是淡淡一笑，搖著頭回他說：

『我沒事，這種傷一點都不痛……真的。』

因為昌浩的表情看起來就像是自己受了傷，所以她又補上了一句『真的』。

天一在彰子旁邊蹲下來。

『小姐，讓我看看妳的傷，我現在馬上幫妳治療。』

『謝謝，不過……治療這邊就行了。』

彰子指著臉上的傷痕。

『只要能瞞過吉昌叔叔和露樹阿姨就好了……要不然天一會很痛吧？』

天一訝異地倒抽了一口氣。

就在這一瞬間，昌浩看到站在天一背後的朱雀正用心痛的眼神瞪著彰子。

彰子握起天一的手說：

『反正我也幫不了你們的忙……我很高興妳這麼關心我，可是，拜託妳千萬不要自責，有妳跟朱雀陪在我身旁，給了我很大的力量，所以……』

所以，以後不要再為我說那種不惜犧牲生命之類的重話了。

『對不起……』

沮喪的天一無力地搖著頭，彰子慌忙接著說：

『不要道歉，求求妳……』

我該怎麼辦呢？彰子用眼神向勾陣求救。

自己還不夠成熟，還不太會說話，沒辦法說服天一。

最後是朱雀救了不知如何是好的彰子。

『天貴，妳不是說要幫小姐清洗乾淨嗎？去準備洗澡水吧！』

『嗯……』

朱雀握起戀人的手離去。

小怪和勾陣都發現他的表情看起來有點僵硬。

夕陽色的眼睛與黑曜石般的雙眸互望了一眼，昌浩也感覺到肅殺之氣，不知道該說什麼，彰子也覺得坐立不安。

當朱雀和天一的氣息完全消失後，勾陣和小怪同時發出了嘆息聲，整個室內充斥著令人窒息的緊張感。

『朱雀是怎麼了？』

昌浩只問了這麼一句話，等著誰給他回答。看不到朱雀的彰子訝異地露出詢問的眼神，昌浩對她點了點頭。

過了一會，小怪才回答了昌浩的疑問：

『天一說了朱雀最忌諱的話。』

『但是天一不知道，朱雀也不想告訴她……這都是命。』

昌浩與彰子互望一眼，不知道他們是否該聽這件事。

這時候勾陣突然換了話題，對不知如何判斷的昌浩說：

『貴船的高龗神應該跟你說過吧？』

『咦？說過什麼？』

勾陣瞥了小怪一眼，保持原有的語調繼續說：

『十二神將死後會怎麼樣。』

瞬間，昌浩將視線轉向小怪。

夕陽色的眼眸沒有絲毫動搖，直直望著勾陣，還搖著白色尾巴、甩著長長的耳朵催勾陣繼續說下去。

唯一聽不懂大家在說什麼的彰子，耐心地等著後續。

小怪看看她，開口說：

『安倍晴明率領的十二神將，雖然居眾神之末，但並不是不死之身。死亡後身體會消失，同時誕生新的神將。』

『重生後，靈魂、記憶、所有一切都會變成白紙，外表的模樣也會改變，只有名字和特性會傳承下來。』

小怪皺起眉頭，用後腳抓抓脖子，顯得焦躁不安。

勾陣一個深呼吸後，把視線轉向木門，說：

『天一死過一次。』

昌浩和彰子倒抽一口氣的聲音，在氣氛凝重的室內回響著。

那是很久以前的事了，遙遠到不只人類，連他們神將都覺得很遙遠。

『死了以後，又在朱雀面前重生。』

彰子的手緊緊抓住了披在昌浩身上的外衣，發白的手指微微顫抖著。

勾陣淡淡地訴說著。

為什麼會發生這種事？老實說，除了朱雀之外，沒有人知道。騰蛇跟同袍們一樣感受到了死亡所帶來的衝擊，但是他保持距離，沒有去確認這件事。再說，當時他如果出現在現場，恐怕只會把已經陷入惶恐不安的天后和太陰更逼入絕境，所以他的判斷是正確的。

『前代天一的年紀比朱雀大一點，好強、豁達……就這點來說，跟現在的天一正好成對比。』

還有，她是朱雀的好朋友。

神將死後，一切都會改變。

視當時的狀況，配合那個時代的人的思想重生。

前代天一就像夏日天空下茂密的嫩葉，不到肩膀的短髮隨風飄揚，是個比朱雀更活躍的女生。只要她以低沉渾厚的聲音呼喚朱雀，不論朱雀人在哪，都會聽見。

『不管我們怎麼問，朱雀都不肯說到底發生了什麼事，恐怕永遠都不會有真相大白的一天了。』

唯一可以確定的是，天一——天乙貴人死過一次。現在的天一是重生後的存在，沒有以前的記憶。但是，她也知道自己死過一次又重生了。

『在那之後又過了很長一段時間，朱雀和天一才像現在這樣心靈相通。』

十二神將都知道，前代的天乙貴人和朱雀是最好的朋友，也知道現在的天一和朱雀是真心相愛。兩種情感完全不一樣，但是都無可取代。

所以朱雀一切以天一為優先，因為他比誰都明白失去的痛苦。

之前，昌浩被黃泉屍鬼附身的騰蛇所傷，瀕臨死亡時，朱雀曾阻止天一使用移身術來救昌浩。天一承接昌浩的傷勢後，毅然決然對朱雀許下承諾說不會再傷他的心。

眼看著很可能再失去一切，那是難以想像的恐懼吧？

小怪喃喃說著：

『死亡……真是可怕，將使人失去所有。』

十二神將的死不會留下任何東西，比人類的死更乾淨俐落，卻也更沉重。昌浩和彰子這麼覺得，不知道該說什麼。

誘餌就在那裡面。

『以人類的力量來說，那個結界夠強韌了，真可惡……』

天狐凌壽撇著屍蠟般的嘴，狠狠地咒罵著。

九尾給了他很多天珠，但他幾乎都用完了。

原本打算在那個異空間裡捕捉晶霞，沒想到她的神通力已經恢復了。

如果沒有恢復，起碼幾年內都不可能贏得了凌壽。

再繼續這樣耗下去，晶霞的力量將會完全恢復。

凌壽低頭看看被輕易折斷的右手，眼中閃過兇光。

『這是那時候的報復嗎？晶霞。』

幾十年前，在晶霞躲起來之前，凌壽追殺企圖逃亡的她，曾經打斷她的右手。那時候她被九尾打成重傷，從大陸逃到了這個島國。

九尾命令凌壽殺死她，帶回她的天珠。只要凌壽遵從九尾的命令，親手殺死跟自己血脈相連的親姊姊、也是族中唯一倖存的親人，就可以證明他對九尾忠心不二。

眼看著就快追到她了，卻在千鈞一髮之際被她逃了。此後，凌壽不停地追捕晶霞，這次以眷族的生命作為威脅，終於把她引誘出來了。

凌壽抓住被折斷的手，硬是扳回原位。言語無法形容的劇痛貫穿全身，屍蠟般的肌膚冒出冷汗。

啊！好痛。他就是這樣帶著疼痛感，屠殺了過著平靜生活的天狐族，親手殺了相信他的同胞們。

『我才不要過那種死氣沉沉的安穩生活！』

難得擁有特別的能力，長老們卻不打算使用，為數不多的族人也贊同這樣的想法。長命的天狐族出生率並不高，所以都是凌壽打從出生以來就認識的人。

他厭倦這一切到了無法忍受的地步。他厭倦了這一成不變的生活，總想著要如何破壞。

對同族沒有任何感情的他，應該是一個異端的存在吧！直到最後一刻都相信他、祖護他的，是晶霞。

『最後知道我是叛徒時，妳一定很絕望吧？我就是想看到妳那個樣子。』

——是你？……

被九尾打傷的晶霞，秀麗的臉龐驚訝不已，一片呆滯。

凌壽低聲竊笑，眼底閃爍著陰森的光芒。

破壞平靜的生活，使之前堆砌起來的一切化為烏有，所得到的利益就是現在的自己。所有同族的天珠都充斥著對凌壽的怨懟。

凌壽邊治療手臂，邊釋放妖力延伸探索的觸手。晶霞應該就躲在附近，因為她不會不顧同族的生命危險。

『天狐仁慈的本性不允許她那麼做。』

很不巧，自己並沒有那種本性。

他邊確認傷勢是否完全復元了，邊抬起頭看著天空。

天就快亮了。

他並不在意微不足道的人類的眼光，但是萬一鬧出什麼事來，恐怕丞按不會保持沉默。那傢伙費盡心機，就是想在不驚動任何人的情況下達成自己的目的。

『我想妳絕不會叫我的「名字」吧……但是，我現在叫妳的「名字」，妳是否聽得

見呢？』

凌壽揚起嘴角，心想她一定聽不見，因為自己的血已經被手刃同族的罪名污染了。晶霞有沒有注意到這一點呢？是沒有注意到嗎？或是有注意到，但為了以防萬一，還是小心翼翼地躲起來了？

『放心吧！我還會讓那個老人活著。』

因為他是誘出晶霞的唯一關鍵。

只不過，現在的自己力量稍嫌不足。

『只要是眷族的血，就算很稀薄，多少也會有幫助吧……』

而且，由那團白色火焰來看，的確是擁有某種程度的力量。

凌壽想起眷族少年與丞按對峙時釋放出來的力量，打起了如意算盤，灰色的眼中閃過陰森的光芒。

他體內沒有天珠也沒關係，只要用血塗抹凝固他的靈魂，就可以製造出移轉那孩子力量的天珠。

他的目標是晶霞，所以並不想傷害其他人或神將。只想過若被阻撓，覺得礙事就對付他們，覺得太過分就殺了他們。但是十二神將人數眾多，要一對一取他們的命容易，

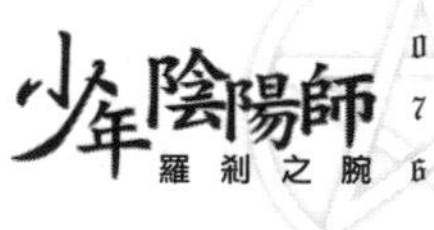

讓他們團結起來就麻煩了。不過，現在沒心情去想這些。

凌壽望向北方天際。

坐鎮京城北方的靈峰有龍神，如果除了晶霞還要對付真正的神，局勢會有些不利。

『丞按也快成為絆腳石了……』

想起怪和尚的臉，凌壽突然眨了眨眼睛。

絆腳石……就用絆腳石去除啊！

『晶霞應該躲在哪裡看著這一切。事情有了變化，她就會現身吧？』

他似乎很滿意自己想到的點子，點點頭，站了起來。

丞按低頭看著手中的黑絲線，輕輕咂了咂舌。

法術被連破兩次，不得不靠那個可恨的天狐施法佈下陷阱。

他抬頭望著圍繞土御門府的圍牆。

一看就知道有無形的結界覆蓋著這個地方，那是陰陽師的法術。

現在的他沒有能力破解這個法術，就算靠凌壽的頭髮增強法力也破不了。

突然，體內產生了波動。

『……唔！』

丞按屏住呼吸，緊咬住嘴唇。

既然這樣，就放我出來！有個聲音這麼對他說。這個一直出現的聲音，從他將中宮當成目標後就逐漸增強了。

藤原小姐入宮的事定案後，他多次想要加害中宮，都受到礙眼的陰陽師安倍晴明的阻撓。

不只晴明，隸屬於陰陽寮的安倍氏族的陰陽師們也處處妨礙他。

丞按苦笑了起來。

初春第一次遇到安倍家那個最年輕的陰陽師時，就該不嫌麻煩地殺了他。雖然有神將跟著他，但是他們畢竟不能直接出手殺人。

當初太小看那個孩子，放過了他，現在才會落得這麼悽慘。

丞按不清楚他的實際年齡，只聽說是十四歲。

『十四歲啊……』

陰影籠罩了丞按的雙眼。

『怪物之子，你說你會保護中宮？』

那孩子有雙清澈的眼睛，閃爍著不知骯髒污穢的堅強與不屈不撓的光芒。

丞按偶爾會看到一個少年映在水面上，年紀跟安倍家的那個孩子差不多，眼裡卻充滿了憎恨、怨懟與陰沉的瘋狂。

『不久後，你就會後悔輕易說出那種話。什麼保護嘛！那根本是做不到的戲言。』

因為他自己也說過『保護』這兩個字，卻不知那是多麼膚淺、愚蠢的話。

從月光照耀的血泊中抱起幼小的屍體時，他才知道自己有多麼無力。在那之前，他幾乎深信自己保護得了他們。

『我已經抱定了不要命的覺悟，所以你也會後悔的。』

在藤原派來的刺客屠殺他們全族的那天晚上，他就捨棄了自己的生命。

手中的頭髮隨風飄進土御門府，穿過結界，飛向應該在寢殿裡的中宮。

丞按將手掌平貼在胸前，淒厲地笑著。

『我知道你等得不耐煩了，但是請稍安勿躁，我很快就會奉上極品獵物的。』

4

今天也下著雨。

『嗯……』

在起床前，他只稍微打了一下盹。醒來時，最先聽到的就是沙沙的雨聲。

下雨時，連出仕都是件苦差事。身體披著簑衣還好，但頭總是會被淋得濕透。如果可以不戴烏紗帽，起碼還可以用衣服蓋住頭。

『殿上人還好，幾乎都是搭牛車進宮，可是隨從就慘了。』

昌浩邊準備出仕，邊對背向自己站在外廊看著天空的小怪說。

『你看雨會不會停啊？』

『不會，我看今天會下一整天。』

小怪肯定地這麼說，回過頭來，板著臉問：

『你真的要出仕？』

『當然啊！如果突然請假的話會被敏次罵。』

昌浩補充說，又不是凶日或什麼特別日子。小怪在他背後認真地嘀咕說，既然這樣，不如我幫你假造個什麼不吉利的事件吧！

它就是不滿昌浩說會被敏次罵，而不是被上司罵。

『可惡……』

昌浩疑惑地看著滿腹牢騷的小怪，突然眨了眨眼睛。

矮桌的全新紙張上散落著綠色碎片，那是道反女巫特地為昌浩準備的護身玉石。

他卻辜負了道反女巫的一番好意，有機會的話，非得好好向她道歉不可。

不過，也要有機會去道反才行。

出雲實在太遠了。

他拿起其中最大的一片碎片，沉思了一會。

為了彌補失去的靈視力，天狐的力量被喚醒了。這顆玉石不但能抑制那股力量，還能彌補昌浩欠缺的能力。

現在昌浩看不見小怪之外的其他異形了。

『傷腦筋，該怎麼辦呢？』

他不後悔釋放了天狐的力量，只是因此產生的問題太嚴重了。

為了迎戰天狐凌壽和怪和尚，還是迫切需要靈視力。

昌浩撫摸著胸口，天狐的力量被他強壓下來了，應該還不至於對日常生活產生什麼妨礙。再怎麼說，自己也是個陰陽師，某種程度還是可以壓制這股力量。

但是，天狐的力量遠遠超越人類所能理解的範圍，唯一可以仰賴的祖父又還在昏睡中，完全沒有醒來的跡象。

昌浩把碎片放入香包內，站了起來。

『走吧！小怪。』

走出房間後，他先去祖父的房裡探視。

躺在被褥上的老人看起來就像在沉睡中。

『可是，他並不在這裡……』

昌浩在枕邊跪下來，望著動也不動的晴明，喃喃說著。

晴明的魂魄被帶到異界，由神將天空守護著。本體旁應該有白虎和玄武陪著，只是現在的昌浩看不見他們。

兩名神將發現他像在搜尋什麼似的游移著視線，趕緊加強神氣，原來他們就坐在昌浩對面的牆邊。

『爺爺拜託你們了。』

『是。』

玄武鄭重地點點頭。昌浩確認旁邊的白虎也表示會盡力，才放鬆了緊繃的肩膀。

披著簑衣走出大門時，小怪甩動耳朵，抓住昌浩的狩袴。

『喂！』

『咦？』

昌浩停下腳步，往小怪指的方向望去。

還下著雨。雖然不是傾盆大雨，但是到皇宮時，頭應該已經濕透了。這種時候，最討厭的就是常規。昌浩原本就不喜歡烏紗帽，不但每天要梳髮髻，而且一不小心就會勾到板窗或撞到竹簾。

想起晴明以前每天都做著這麼麻煩的事，他不禁佩服起來。

『小怪，爺爺年輕時都會按規矩梳髮髻嗎？』

『嗯，梳是會梳啦……』

不過，跟昌浩一樣，出去夜巡或任性地臨時決定當天就是凶日時，都會鬆開髮髻，

還有過差點忘了梳髮髻就進宮，被天一和天后緊急拉住的趣事。

昌浩抬頭看著天空，顯得不太起勁。

『真不想去……』

『喂！是你自己說不去會被罵啊！晴明的孫子。』

『不要叫我孫子！』

昌浩反射性地吼回去，小怪抿嘴一笑說：

『這麼有精神，應該沒事了。』

『小怪……』

小怪甩甩白色尾巴，用一隻耳朵指著遠處說：

『你可能看不見，車之輔就在那裡。』

『咦？』

昌浩立刻往那裡看，可是沒有靈視力的他看不到車之輔的身影。

嘎答嘎答響起車體的搖晃聲，是車之輔在告訴他『我在這裡』。

昌浩衝入雨中，伸出了手。

雖然看不見，但是車之輔的確在那裡，手指有堅硬、冰冷的大車輪的觸感。

『車之輔，你怎麼了？平常不是都待在橋下……』

小怪發現車之輔對昌浩游移不定的視線感到訝異，於是站出來說：

『這傢伙又有點看不見了，不過不用太擔心。』

聽到不用太擔心，車之輔的車體還是劇烈搖晃，眼睛張得特大，沒多久，淚水就撲簌簌地掉下來了。

看到這一幕，小怪不禁想：

哇！鬼也會流淚呢！

從氣氛略微察知狀況的昌浩，慌忙敲敲輪子說：

『車之輔？車之輔，我沒事，真的不用替我擔心。』

車轅嘎吱嘎吱作響，彷彿在訴說著什麼，昌浩以詢問的眼神看著小怪。

小怪坐下來，想搔搔脖子，發現爪子沾滿泥巴就作罷了。

『它說為什麼你老是遇到這麼殘酷的事，哭得唏哩嘩啦呢！』

樣貌可怕的人面牛車把龐大的身軀抖得嘎吱嘎吱作響，讓車轅上下往返震動，好像在證明小怪說的話。看到淚水還是不停地從鬼眼流出來，小怪腦中閃過『哭泣牛車』這個新的妖怪名。

『言歸正傳，車之輔特地來到這裡，是因為下雨，所以想來載你去皇宮。它覺得你昨天忙到很晚，很辛苦，所以用這樣的行動來表示它的關心。』

昌浩點點頭，露出無法形容的眼神苦笑起來。

『這樣啊……謝謝你，車之輔，但是你不用擔心，我可以自己去皇宮，不會有問題。』

『而且，坐你的車去很可能惹來麻煩。』小怪說。

妖車偏斜車輪中的鬼臉，困惑地皺起眉頭。小怪端正姿勢，開始滔滔不絕地對妖車曉以大義：

『我說車之輔，你知不知道自己是個具有龐大身軀、看起來很可怕的人面牛車？我跟昌浩都已經看習慣妖怪了，是不覺得怎麼樣，可是對一般人來說，你是個嚇死人不償命的異形妖怪呢！』

『只是沒有眼神這麼溫和的好「妖相」的妖怪就是了。』

昌浩也表示有同感，小怪卻瞥了他一眼說：

『它應該是「人相」吧？……不過，你說得也沒錯啦！』

小怪用前腳抓抓頭，發現前腳也沾滿泥巴，嘆了口氣。

『不管怎麼樣，昌浩，恭喜你有個關心主人的好式鬼。』
昌浩對抿嘴一笑的小怪點點頭，淡淡笑著說：
『我真的很幸運呢！謝謝你，車之輔，我走了。』
這時，望著昌浩背影的小怪突然感覺到車之輔以外的視線，轉了轉頭。
兩隻小妖正悄悄掀起後方車簾，鬼頭鬼腦地打探情況。
視線與小怪一交接，兩隻小妖立刻慌張地縮進了車內。
『……』
被小怪狠狠一瞪，妖車不知所措地左看看右看看。這種視線飄移不定的妖車也很難得一見。
先往前走的昌浩回頭說：
『小怪，你在做什麼？走啦！』
『哦！』
答得不是很起勁的小怪，縮起肩膀，蹬著地跳了起來。
當它追上昌浩，正要跳到他肩上時，突然想起自己的腳上都是泥巴。雖然昌浩穿著簑衣，不會弄髒直衣，可是肩上莫名其妙地出現泥巴還是會讓人起疑。

小怪只好作罷，乖乖地走在昌浩身旁。

昌浩是沒有隨從的下層階級，所以下雨時只能穿著簑衣走到皇宮。雖然戴上斗笠就不會把頭淋濕了，可是，不能保持髮髻的形狀就沒有意義了。而且戴烏沙帽是成年男子最基本的禮儀，所以也不能戴斗笠。傘必須由隨從替主人撐，不能自己撐。想撐傘就得娶個大戶人家的女孩，或是靠實力取得地位。

昌浩的大哥成親兩者都做到了，但是他本人嫌那樣不自在，都是自己穿著簑衣走到皇宮，聽說每次感冒都會被大嫂罵。

就算走得再快，頭髮還是一下子就濕了。烏紗帽使用的是軟素材，某種程度還是會進水，所以儘管形狀不會垮掉，雨水還是會流進去。

邊走邊啪喳啪喳踩著雨水的小怪突然笑了起來。

『小怪？』

『我是想到晴明的事……』

小怪先聲明自己也是聽來的，再這麼告訴昌浩。

因為厭煩了陰雨連綿的天氣，乾脆以凶日作為藉口窩在家裡的晴明，有一天非進宮不可，只好冒雨出門。但是，安倍家只能勉強躋身貴族行列，當然沒有隨從。當時的晴明又是下層階級，也不可能有牛車來接他。眼看著雨還下個不停，而且是傾盆大雨，晴明會怎麼做呢？

『他怎麼做？』

『他命令玄武不要讓一滴雨淋到他身上，就那樣悠哉遊哉地進了宮。淋成落湯雞的其他貴族都驚歎地說：「原來晴明不只會可怕的法術，還能做這麼方便的事！」』

感覺像滑稽的趣事，也可能被視為投機的行為，但是，一般陰陽師畢竟做不到這種事，所以又成為安倍晴明是曠世大陰陽師的傳說之一。

是成了傳說，但是……

昌浩露出難以形容的表情。

『那麼做的確很厲害，不過……』

再怎麼厭煩陰雨連綿的天氣，即使有十二神將可以使喚，一般陰陽師也不會那麼做吧？

祖父開懷大笑的模樣閃過腦海。

啊！那隻老狐狸的確可能那麼做，他看起來就像那種人。

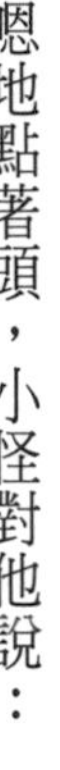

昌浩嗯嗯地點著頭，小怪對他說：

『聽說他有一次進宮時也曾使用白虎的風把雨吹走，就某方面來說，算是充分活用了我們個人的特性。』

不過，聽說晴明從來沒有命令青龍和朱雀做過這方面的事。想也知道，朱雀或許還好，如果命令青龍去做這種實用的無聊事，恐怕會把他氣得對所有人亂發脾氣。

『說到朱雀，好像有一次，暖爐的火種不小心全熄滅了，他就把火點上，幫了很大的忙呢！』

『咦？』

昌浩想起在出雲的草庵時，太陰和玄武去打獵的事。那間草庵應該長期沒有人居住吧！火種是從哪裡來的呢？

『火種……火……』

當時在場的有玄武、太陰、六合、勾陣，以及——

他瞥了小怪一眼，這傢伙的真面目是十二神將的『火將』騰蛇。

『十二神將還真有各種用處呢！』

那時候的小怪對昌浩毫無記憶，很可能是勾陣請求他，他就幫了點火這種小忙。

彰子說最近陰雨連綿，洗了衣服也曬不乾，說不定可以用白虎、太陰的風吹乾，或是用朱雀、紅蓮的火烘乾。

這樣的想法浮現腦海，不過只是想想，應該不可能這麼做。

想著這種無聊事時也沒有放慢腳步，所以很快就到皇宮了。昌浩向熟識的衛士點點頭，便穿過大門，來到了陰陽寮。

下雨天都有準備毛巾，是值夜班的人替出仕的人先拿出來預備好的。

昌浩一進屋內，就看到敏次拿著新的毛巾從拐角走過來。

『啊！早。』

『早，你果然也淋濕了，拿去，快用毛巾擦乾。』

昌浩脫下簑衣，掛在指定的地方，接過敏次給他的毛巾擦拭臉和脖子。其實他很想摘下烏紗帽、解開髮髻，把頭髮抓乾，但是這麼做，敏次會破口大罵。

用過的毛巾只要丟進籠子裡，負責收拾的雜役就會拿去洗乾淨。因為這樣的分工很清楚，所以下雨天也不會有人覺得困擾。

從階梯走上外廊的敏次，突然想起了什麼似的回頭對昌浩說：

『對了，晴明大人還好嗎？』

昌浩眨了眨眼睛，沒有讓難過表現在臉上，因為出仕一年多，多少有些成長了。

他在腦子裡選擇該說的話。

『大部分時間都還躺在床上……但是，他自覺精神不錯，周遭的人都拿他沒辦法。』

在昌浩腳邊的小怪低頭沉思著。

直到昨天之前的確是這樣，晴明就像個不聽話的小孩，老是被十二神將罵。

『是嗎？那就好，如果他的狀況不好，連陰陽寮也會無精打采。』

嚴格來說，藏人所陰陽師並不是陰陽寮的官員。但是有大事發生時，最值得大家仰賴的卻還是這個曠世大陰陽師。

小怪半瞇著眼睛，在水窪裡洗淨腳上的泥巴，再蹥蹥衝上外廊。泥土是清洗掉了，可是濕透的白毛還是會把外廊弄濕。

昌浩正要開口叫住它時，突然颳起一陣強風。

就在這時候，小怪用力扭動身軀甩掉了身上的水，這些水全灑在敏次身上。

『哇！風把雨吹過來了。』

敏次慌忙把水撥掉，小怪則若無其事地從他旁邊走過。

昌浩訝異地看著這一幕。

『你要談晴明的事，再等五十年吧！』

小怪沒好氣地抱怨。昌浩帶著嘆息說：

『小怪，你這是遷怒啊！』

昌浩覺得凡是遇到跟敏次相關的事，小怪就會變得很幼稚。

『六合去了道反？』

昌浩不由得拉高了嗓門，接著趕緊看看四周。還好，幸虧附近都沒有人。

而且，不僅雨聲大，其他官員也都在各忙各的事，應該不會有人注意到他。

不過，還是小心一點好，他邊假裝工作，邊壓低聲音確認：

『你說的道反……是出雲那個道反聖域？』

《嗯，你睡著後，他就乘著白虎的風出發了。》

回答昌浩疑問的是勾陣。平常都是六合隱形跟著他，小怪告訴他，今天是勾陣。

『怎麼這麼突然……發生什麼事了？』

去道反聖域，即使乘著神將的風匆忙趕路，也要花一整天的時間，徒步則要三個月。

在昌浩身旁縮成一團的小怪甩甩耳朵，視線飄移了一下。它看的是勾陣，但是昌浩看不見。勾陣完全隱形了，所以沒有人看得見她，也感覺不到她的氣息。

《由結論來說，就是晴明的命令。》

『爺爺？』

昌浩感覺到有人應聲，沒多久，神將勾陣就現身了。

『他又去出雲拿玉石了。』

昌浩猛然把手伸到胸前，摸著衣服下的香包，那裡面裝著丸玉的碎片。但是這個丸玉已經失效，連慰藉的作用都沒有了。

『晴明怕會有意外，透過天后的水鏡，請求道反女巫的協助，女巫一口就答應了，所以晴明派六合去拿。』

昌浩的手又再次開始動作，微微低著頭說：

『這樣啊……都是我不好……』

想到自己衝動的行為給神將們添了麻煩，他就覺得難過。

昌浩今天的工作是文件的彙整謄寫、整理資料、調度不足的用品等種種雜事，總之，直丁隨時都會有什麼事要做。

要靜下心來才寫得出漂亮的字，所以他告訴自己要平靜、平靜。

可是不管怎麼默唸，心情還是開朗不起來，覺得自己根本沒有資格笑晴明叫神將去做那種無聊的事。

他不由得深深嘆了口氣。

『你最該做的是……』縮成一團的小怪把下巴靠在交叉的前腳上，閉著眼睛說：『任性地叫我們去做這個、做那個，做所有的事。』

昌浩一時無法會意，驚訝得張大了嘴。

小怪不理他，繼續以理所當然的口吻說：

『就算被我們抱怨：「這種事自己做嘛！」也三言兩語蒙混過去，態度傲慢地說：「十二神將應該做得到吧！」被這麼一說，我們就不得不邊抱怨邊照做。』

『可是，那也太……』

『不管事情再瑣碎、再無聊，只要你說那是命令，式神就不能說不。你只要在緊要關頭扛起比我們更危險的事，背負重大責任，絕不屈服，勇往直前就行了。』

聽著小怪這麼說的勾陣微微笑著。

『只要你這麼做，我們不管怎麼樣都會保護主人。還有，我們受了傷你就會長吁短

嘆，在這方面，你最好有睜一隻眼、閉一隻眼的度量。』

就像安倍晴明長期以來的做法。

其實，當晴明還年輕、還是個剛把十二神將收為式神的乳臭未乾的小夥子時，也犯過很多失誤。他一錯再錯，在不斷犯錯中找到正確的方向，記取教訓。

『不要太急，太急只會壞事。你還有時間，不要操之過急。』

急躁會使人的判斷遲鈍，偏離軌道。

昌浩會這麼急躁，是因為安倍晴明處於險境。他覺得自己必須做些什麼、很想設法做些什麼，心裡急得不得了，自己的力量卻跟不上這樣的想法，所以心浮氣躁，動不動就會被一些小事影響，搞得心神不寧。

昌浩做了一個深呼吸。

——自己清醒時聽到的是『安倍晴明的天命還未盡』。

未成形的星宿正逐漸成形中，一旦成形，晴明就得救了。

昌浩現在必須做的就是找出那個星宿的主人，指示道路給那個人。

神雖然善變，但並不是沒有慈悲。

他差點忘了一件事，當他陷入絕境的時候，只要他全力以赴，那個神就一定會伸出援手。

『不過，我要是變成爺爺那樣的老狐狸也不太好。』

昌浩這麼說，勾陣微微笑了起來。

『沒錯……』

小怪甩了甩耳朵。

昌浩扭扭脖子，重新振作起來工作，沒多久又質疑說：

『可是，白虎直接去不是比較快嗎？』

去的時候可以搭白虎的風去，回來時不是要靠自己的雙腳嗎？還是會想辦法聯絡上白虎，讓白虎送來迎接的風？這樣也很麻煩吧？

小怪低聲嘟囔說：

『嗯，我也是這麼想。』

它用尾巴敲敲自己的背，露出困惑的表情。

勾陣戳戳它的尾巴說：

『聽說是道反大神指定的。』

『啊？』

昌浩和小怪同時發出叫聲，昌浩驚覺失態，趕緊動起手上的筆。

小怪因為沒有人看得見它，滿臉疑惑地抬起頭，繼續問勾陣：

『怎麼會這樣？不是道反女巫，而是道反大神？』

『聽說也是女巫的意思。我並不知道詳細內容，所以你們再追問，我也答不出來。』

『誰清楚這件事？』

『晴明、天后……還有朱雀、天一。』

昌浩眨了眨眼睛，心想會不會是那天？

那天晴明找他去，他看到點著燈台的室內綻放著藍色光芒。他見過那個光芒，是水將玄武的水鏡。

玄武的水鏡可以映照出身在遠方的人。既然玄武的水鏡可以，同樣是水將的天后應該也做得到。據說只要雙方願意，不只身影，連聲音都可以彼此傳遞。十二神將的力量還真方便呢！昌浩竟然在這種時候胡思亂想起來。

『嗯……』

小怪瞇起一隻眼睛，用後腳搔搔脖子，心想稍晚該不該去問天一或朱雀？

聽到天一說那種話，朱雀其實很震撼，只是強裝鎮定，所以現在最好不要去找他。可是，跳過他直接去找天一，恐怕也會惹他生氣。

天一在不自覺中，做了朱雀最忌諱的事。朱雀值得同情，可是天一並不知道，也不能怪她。

『就算再慢，晚上也會回來吧？』

『嗯，白虎說會送迎接的風去，必要的話，也可以把太陰從異界叫來，讓她去接。』

『太陰的是風比較快……嗯，也就是說，我最好暫時不要出現。』

勾陣苦笑著對眼睛發直的小怪說：

『我覺得你不用太介意她……不過，你想這麼做就這麼做吧！』

『說得好抽象。』

『這樣你會比較好過吧？』

『我承認。』

小怪點點頭，又縮成了一團，勾陣也隱形了。

昌浩悄悄嘆了口氣。

啊！雨聲好大。

雨停時，爺爺是否會醒過來呢？

5

——異界。

一直抱著膝蓋坐在晴明身旁的太陰發覺異常的情況，倒抽了一口氣。

『喂、喂！青龍。』

背對著太陰的青龍偏頭望向她。

太陰半蹲起來說：

『晴明好像不太對勁，我說不上來，總之，很奇怪……』

青龍臉色大變，默默在晴明身旁坐下來，把手伸到他胸部上方，確認動也不動的晴明的狀況。

不久後，青龍眉間流露出憂慮的神色。

『青龍？』

『魂分離了。』

『咦？什麼意思？你是說這不是魂魄？』

『現在只剩下構成這個外表肉體的魄，他的魂……也就是所謂的心，不知道跑去哪裡了。』

＊　＊　＊

他聽見水聲。

『咦？我一直沒發覺自己聽得見呢！』

這麼悠然說著的他，覺得有種突兀的感覺，停下了腳步。

現在聽到的說話聲不是自己原來的聲音，而是使用離魂術時二十多歲的聲音。

他看看自己的手背，非但不是瘦成皮包骨，還豐滿柔嫩。

『嗯……』

他試著握起、張開，再碰觸另一隻手。這樣做了幾次後，恍然大悟地笑了起來。

『魂脫離了？我還真不愧是擁有異形的血呢！』

在魂魄脫離本體的狀態下，魂又採取了個別行動，會不會太離譜了？

他只能打從心底祈禱，這種特質不要遺傳給孩子和孫子。自己是無所謂，早就欣然接受這股力量了。

只是沒想到，這股力量竟然會削減壽命。

他不再調侃自己，豎起耳朵傾聽。

『是河流？……』

他繼續往前走。

有那麼一點預感。

小孫子說過——

在河岸遇見了她。

雖然一片漆黑，但眼睛適應後，就逐漸看清楚了周遭的模樣。

流水滔滔的河川比想像中寬很多。

定睛細看，河流對岸有無數的微小燈火。從那些幾乎融入黑暗裡的朦朧光線，可以推測到那裡的大約距離。

『恐怕連坐船都很難渡河。』

他這麼無奈地喃喃說著時，背後響起僵滯的聲音。

『不……』

晴明倒抽一口氣，一股悲戚的懷念情感湧上心頭。他很想立刻轉過頭去，身體卻不聽使喚，緊張得一點都不像平常的他。

這個被當成狐狸之子、被稱為怪物之子、面對人人畏懼的眼光都欣然承受不為所動的安倍晴明，竟然也會緊張。

柔和又令人憐愛的聲音，讓他未戰先敗了。

那個聲音在他背後說：

『你為什麼來這裡了？』

晴明輕搖著頭說：

『不……離預定還有一些時間。』

『那麼請趕快離開，現在還太早。』

『嗯……』晴明覺得眼角發熱，卻笑了起來，心想果然挨罵了。『我也沒想到會跑來這裡，對不起。』

『不……不用道歉……』

可以感覺到強忍住的情感崩潰了。

晴明轉過身，看到站在身後的若菜淚水盈眶。

他該說什麼才能讓她不再哭泣呢？

晴明不發一語，絞盡腦汁思考著。他很想見到妻子，真的很想，可是，惹她哭絕非他的本意。

即使知道她一定會哭。

晴明實在不知道該說什麼，伸出手來托住她的臉頰。她又把自己的雙手疊在晴明手上，難過地閉著眼睛，用力顫抖著肩膀。

『對不起。』

晴明再次道歉，她就像潰堤般說出了一長串的話：

『我只有說我在等你，並沒有叫你早點來啊！』

『啊！說得也是，對不起。』

『你就是這麼我行我素、強硬、倔強、頑固！』

『嗯，對不起。』

『為什麼只有這種時候才會老實道歉呢？……』

最後已經是聲淚俱下。

『說得也是……真對不起。』

晴明還是道歉，然後把若菜拉過來，擁入懷中，拍拍她的背安撫她。

抽搐的肩膀是那麼令人憐愛、思念。

就像以前那樣，晴明一次又一次地拍著她的背。

她很愛哭又膽小，最後卻總能讓晴明折服。

晴明從來沒有贏過。

『我是不是不能再來了？』

『不行……現在還來得及，快回到那孩子身旁。』

突然，晴明感覺到有人的氣息。

他搜尋四周，看到河岸有個身影。因為背對著他，看不出是什麼人，只知道是個個子很高、身穿黑衣的男人。

剛才沒有發現，是因為那個人完全隱藏了自己的氣息。但是光發現他在那裡，就給人強烈的壓迫感。

『是冥府的官吏？』

晴明苦笑起來。

原來如此，冥府的官吏明明看到了晴明卻假裝沒看到。

只是在背後催促著晴明趕快回到人界。

晴明不捨地放開若菜，聳聳肩說：

『那麼我回去了……如果我說不會讓妳等太久，妳也會生氣吧？』

『如果那是天命，我不會生氣……但是，一定會哭。』

因為孩子們會傷心。想到孩子們傷心的模樣，她就會哭。

晴明閉上眼睛。妻子說的話都如他所預期，他真的很捨不得放開她。

他把自己的額頭靠在若菜的額頭上，低聲說：

『拜託妳不要再哭了……看到妳哭，我就只能投降。』

真的從很久以前就是這樣。

把徘徊的魂安全送回去後，她鬆了一口氣。

幸好直接來到了這裡，萬一迷了路，很可能被鬼吃掉。

雖然晴明擁有號稱曠世大陰陽師的力量，但是，處於魂的狀態下，那個力量就不管用了。

『謝謝……』

她深深鞠躬致謝，望著河川對岸的年輕人只是冷冷地回她說：

『我不知道妳在說什麼。』

這個望著河川對岸的官吏似乎決定把這件事埋藏在自己心底深處，不往上報了。他把手放在腰間的佩刀上，搖響刀鞘。

從水面吹來的風涼爽地拂面而過。

『是有迷路的小狗嗎？』

假裝不知道，卻還是很關心。

若菜微微一笑說：

『不，不是小狗，應該是……』

找不到回家的路，不知道該怎麼辦的白色狐狸之子——

✦ ✦ ✦

他緩緩張開沉重的眼皮，嘆了一口氣。

身體莫名地僵硬……不，這只是感覺而已，因為這不是他原來的身體。

他費力地轉動脖子，看到正擔心地低頭看著自己的孩子。

晴明淡淡笑著說：

『怎麼了？太陰。』

屏氣凝神的太陰突然把臉扭成了一團。

『晴明！』她緊握雙手，鬧脾氣似的吼了起來，『你這個笨蛋笨蛋笨蛋笨蛋！害我好擔心，真的、真的好擔心！』

她沒有氣得敲打晴明的胸口，應該是因為極力克制。而且她也知道如果那麼做，默不出聲看著她的青龍真的會發脾氣。

晴明舉起還不太靈活的手，邊撫摸著太陰的頭，邊轉向高大的神將說：

『額頭上的皺紋會定型哦！』

看到晴明抿嘴笑著，青龍的藍色雙眸閃過酷烈的光芒，但是欲言又止的他，什麼也沒說就轉身消失了。

老人佈滿皺紋的臉凝然不動。

身體機能還穩定維持著，然而，失去精氣的皮膚讓人聯想到死亡，感覺很不舒服。

神將玄武不時把視線從晴明臉上移開，又擔心地轉回去看看，不斷重複著這種沒意義的動作。

就算有他看著，晴明也不可能醒來，但是，他不敢隨便離開，待在身旁卻又覺得很不舒服，從未有過的疲憊感折磨著他。

他看過太多人類的死亡。

安倍晴明比一般人長命，他周遭的人都比他早辭世，所以，晴明也比一般人看過更多的死亡。他所率領的十二神將也必然有很多機會看到死亡。

第一次讓他們體驗到這種事的是晴明的妻子。

十二神將只經歷過一次同袍的死，晴明妻子的死又不同於那一次，有種難以形容的失落感。

之後在他們周遭發生的死亡，都不是很親近的人，所以沒有那麼強烈的失落感，然而，原本存在的人突然不見了，那種心情還是難以形容。

嚴格來說，跟人類所謂的悲嘆並不一樣。不過，硬要形容的話，或許『悲嘆』兩個字最接近那種感覺。

人類的心很深奧，太過深奧了，不是十二神將所能估量的。

現在死亡就迫在眉睫，縱使過得了這次，不久的將來也必須面對。

恐怕這次的死，會比至今曾感受過的任何現象都更強勁、更沉重地深深刺穿他的心。

想到這裡，玄武心中有了領悟。

所以他想陪在晴明身旁，希望即使晴明不在了，也能永遠記住他的模樣。

但也不想陪在晴明身旁，因為不在以後，就不能再見面，也聽不到聲音了。

『晴明真是個差勁的傢伙。』

玄武莫可奈何地說，白虎可以清楚了解他這麼說的本意。

『沒錯，太差勁了。』

總是這麼我行我素，把人耍得團團轉，又不給人抱怨的機會就先走了。

『真的很差勁……起碼要讓我們抗議一下嘛！』

『嗯。』

『沒有人聽，抗議就沒意義了。你想想看，抗議個老半天也沒人回應，多無聊、多沒有建設性啊！』

『就是啊！』

『聰明的我，可不想把時間花在那種沒建設性的事情上。』

『我想也是。』

兩名神將頓時目瞪口呆。

這個聲音悠哉的插話人一直眨著眼睛，一副光線刺眼的樣子，不停地點著頭。

『嗯、嗯，玄武說得很對。可是，也沒必要在沉睡的我旁邊這樣嘀嘀咕咕唸個不停吧？』

張口結舌的玄武漸漸恢復了神智。

『……誰、誰教你那麼悠哉，睡得不省人事！』

一陣風吹過。

小怪突然抬起頭來，在一旁隱形的勾陣似乎也倒抽了一口氣。

正抱著一堆資料走在外廊上的昌浩，察覺小怪停下腳步，回過頭說：

『小怪，你怎麼了？快走啊！』

每天早上依據一覽表將當天要使用的資料從資料室拿出來，快下班時再放回去，也

是昌浩的工作。這之間如果有空檔，他可以任意閱讀存放在資料室裡的書籍或卷軸。直丁的工作只要縮短時間迅速完成，就能一點一點累積出時間來，利用這些時間自學。

昌浩的目標是總有一天要晉升為陰陽生、天文生或曆生，然而最大的問題在於必須有職缺才能遞補，所以是一大難關，不過，朝這個目標努力應該不會錯。再來就是靠運氣了，但是，有句話說：運氣也是實力的一種，所以努力還是最重要的。就算有才能也要努力，否則很難開花結果。

這是晴明的教誨。

所以無論再瑣碎的事，昌浩都會踏實地去做，絕不投機取巧。有時雖然也會有疏漏，但挨了罵就會儘可能地小心不再犯，所以這種失誤已經逐漸減少了。

『……你怎麼了？』

看到叫也沒反應的小怪，昌浩訝異地倒回幾步。

茫然望著天空的小怪用有點呆滯的聲音說：

『晴明他……』

『咦？』

昌浩的心臟怦怦跳起來，最糟的想法瞬間閃過腦海。

『白虎的風帶來了訊息……晴明醒了。』

曆表博士安倍成親不管雨天或晴天，走起路來都很快，快到幾乎跟小跑步差不多，尤其是下班的時候最誇張。

緊跟在他後面的曆生們也一樣，有時就像激烈的競走。

今天他也走得很快，身後幾丈遠的距離跟著一群曆生。

他默不作聲地走了一段距離後，突然瞇起眼睛停下來，猛然回頭說：

『告訴你們，我今天的工作全做完啦！』

為什麼你們還窮追不捨？

曆生們對這麼嘶吼的博士說：

『因為還沒到下班時間。』

『——』

說得沒錯。

『可惡。』成親邊在嘴裡咒罵著，邊轉過身來。難得工作提早結束，他就從曆表部溜了出來，想要盡快退出皇宮，沒想到又被他們發現了，他還以為自己的逃亡計畫很完

美呢！

成親口中唸唸有詞，百思不解，有個學生從旁帶著苦笑對他說：

『因為博士的座位在最後面，看得最清楚啊！只要離開座位，大家馬上就知道了。』

『原來是這樣啊！那麼我改天要換個位置。』

『不可以！』

這個迅速回應的反對是曆生們發自內心的吶喊。這個博士已經夠會溜了，他們可不想在他身上花更多精力。

『總之，在下班時間之前，請繼續做其他工作。』

『不然我們會很困擾。』

『進度盡量提前，也可以減少加班次數。』

『沒錯，說得很有道理。』

博士嗯嗯回應大表贊同，曆生們立刻逼近他說：

『那麼，請回曆表部。』

這時候響起了下班的鐘聲。

『啊！下班了。』成親又大剌剌地轉過身說：『再見啦！』

在他背後，把貴重時間浪費在捉迷藏上的曆生們個個呆若木雞，他全當作沒看見。

昌親走到又邁出步伐的成親身旁，同情地回頭看看曆生們。

『大哥，你最好不要對他們這麼殘酷。』

『我也不想對他們這麼壞，可是我並沒有延宕任何工作啊！』

昌親點點頭說：

『沒錯，這麼說也對啦！』

『過了傍晚，這場雨會下得更大，我想早點回去嘛！』

『那麼你應該說雨會愈下愈大，所以想讓他們早點回家啊！』

成親瞪著弟弟，呵呵笑著的昌親卻完全不理會哥哥的視線。

過了一會後，安倍吉昌的長子無奈地嘆口氣說：

『你假裝沒在看，其實全看見了。』

『因為我是你弟弟啊！』

昌親滿不在乎地回答，成親聳聳肩說：

『我是想在雨勢變大前回安倍家看一下。』

『我也是，正想去找昌浩。』

兩人一起走向陰陽寮。才剛剛下班，擔任直丁的小弟應該還在打雜，他們打算順便把他帶走，一起回安倍家。

結果出乎他們預料。

『昌浩嗎？下班的鐘聲一響起，他就衝出去了。』

這麼告訴他們的是陰陽生藤原敏次，成親常想這傢伙鐵定前途大好。

『他的工作都做完了，應該沒什麼問題……是怎麼了嗎？』

曆表博士和天文生很少同時來這裡，所以敏次猜不出是公事還是私事，帶點猶豫地問。

『沒有，沒什麼事，只是以為他應該還在。』

昌親淡淡地笑著回答，敏次鬆了一口氣說：

『這樣啊！對了，請問博士是要去安倍家嗎？』

『咦？是啊！是這麼打算……』

『那麼，我想冒昧拜託您一件事。本來應該我自己跑一趟，可是臨時有事不能去，正在煩惱該怎麼辦，事情是這樣子的……』

敏次誠惶誠恐地切入了主題。

雨勢愈來愈大了。穿著簑衣也很難完全擋雨，全力奔跑的昌浩回到家時已經變成落湯雞了。

雨水從下巴啪噠啪噠地滴下來，他在屋簷下脫下簑衣，掛在柱子上滴水，再脫下濕透的鞋子，猶豫著該不該就這樣進屋裡。

這樣全身濕答答地進去會很難清理，可是，他更急著想確認一件事。

小怪安撫焦急毛躁的昌浩說：

『你等一下，我去拿毛巾來。』

這麼說的小怪自己也完全沉不住氣。因為隱形而沒被雨淋到的勾陣，興致盎然地看著慌張不安的兩人。

昌浩淋雨也就罷了，小怪只要恢復真面目就不怕下雨或下雪，它卻不那麼做，寧可邊走邊體會與昌浩同樣的感受。

勾陣大約可以理解它這麼做的想法，所以覺得很有意思。

『昌浩，你今天很早呢！』

彰子拿著毛巾，快步跑過來。

昌浩很快便摘下濕透的烏紗帽，解開髮髻，邊用毛巾抓乾頭髮，邊往屋內瞧。

『彰子，我聽說爺爺醒了？』

看到昌浩再緊張不過的眼神，彰子笑著安撫他說：

『嗯，不過好像很累，不久就又睡著了，玄武說還在睡。』

聽說晴明一醒來就被玄武怒罵了一頓。不知道是發生了什麼事，不過可以確定是會讓玄武發脾氣的事，因為晴明是個老狐狸。

昌浩直接把毛巾蓋在頭上，虛脫似的垂下肩膀說：

『這樣啊……那我根本不需要急著趕回來嘛……』

昌浩腳邊的小怪也無力地垂下了頭，它的想法跟昌浩一樣。勾陣雖然默不作聲，也是同樣的想法。

他們都想早點見到晴明平安無事的模樣，都想聽到他跟平常沒兩樣的聲音。才不到一天而已，他們卻覺得度日如年。

『玄武說魂魄已經平安回來了，真的只是睡著而已，所以不用擔心。』

『嗯，我知道了，那麼我先去換衣服。』

容。

昌浩做個深呼吸，笑了笑。跟之前強裝出來的笑容不一樣，是發自心底的輕鬆笑容。

他在好幾條攤開的毛巾上脫下了直衣。吸了水的布很重，剩下內衣後，肩膀上的重量突然減輕了許多。不過內衣也很濕了，狩袴也是。

他稍微把水擰乾，就衝向了自己的房間，彰子也跟在他後面。

小怪看著他們離去，眨了眨眼睛，隱形的勾陣在它旁邊現身。

『他是要去換衣服吧？』

『應該是。』

勾陣點頭回應小怪的問題，小怪用留下來的毛巾擦拭四肢，滿臉疑惑地問：

『是不是脫下內衣和狩袴，跟平常一樣換上狩衣？』

『應該是吧！』

小怪更疑惑了，它對仔細收著散落的毛巾的勾陣說：

『他是去換衣服耶！』

『他們自己不在乎就行了吧！』

『問題不在這裡吧？』

『他們根本不當成問題，所以沒關係吧！』勾陣用乾淨的毛巾替小怪擦去身上的雨水，接著又說：『起碼有一方認為那是理所當然的事。』

『原來如此……』

當然不是晚熟、口拙又反應遲鈍的那一方。

就在彰子拿著濕透的衣服從房間出來時，昌浩也奔向了祖父的房間。

他先停在拉門前，做好幾次深呼吸讓自己鎮定下來。

『爺爺？』

他叫了一聲，就聽到跟祖父不同的聲音叫他進屋。同時，他感覺到屋內出現了兩道神氣。

輕輕拉開門後，他看到躺在被子上的晴明和坐在枕邊的玄武。白虎在稍遠的地方盤坐。他看得到他們，是因為他們特別為他加強了神氣。

『你今天很早呢！』

玄武轉向昌浩這麼說，他點點頭，在玄武身旁坐下來。

看著晴明滿是皺紋的睡臉，也許是心理作用，他覺得晴明的皮膚又恢復了血色。

『聽說他清醒了？』

『是啊！可是因為過度疲勞，所以很快就又睡著了……他這樣睡著，我們也輕鬆多了，總比他到處亂跑好。』

這應該是神將的真心話。主人的命令必須絕對服從，即使想制止，只要本人嚴令不准阻撓，十二神將就只能聽命行事。

昌浩猛點頭，打從心底表示贊同。

『嗯，沒錯，我也這麼想。』

『你也好不到哪裡去。』

後面有個聲音感慨地這麼說，昌浩把嘴巴抿成了ㄟ字形。

『什麼意思？』

『就是那個意思。』

小怪豎起一隻耳朵不屑地回答，接著便繞到晴明枕邊。它仔細觀察過晴明的模樣後，鬆了一口氣，已經度過這次的危險期了。

但是，沒有多少寬限的時間了，因為貴船的祭神並不是徹底救了晴明。

必須讓未成形的星宿盡快成形。

關於未成形的星宿，小怪心中已經有譜，應該是命運驟然啟動，還沒有走上正軌的人。這個人隨波逐流，欣然承受一切，完全沒有自己的意志。

一個被迫走上與之前完全不同的人生道路的少女。

這純粹只是小怪的猜測，但是，值得花時間去確認。

天一突然出現，朱雀在她身後。

『昌浩，成親他們來了。』

『哥哥？』

昌浩站起來，躡手躡腳地走出房間，天一跟在他後面，朱雀目送著他們離去。小怪在他背後說：

『朱雀啊……』

『幹嘛？』

小怪對偏過頭來看著自己的同袍投以真摯的眼光說：

『天一是無意識的，你不要想太多。』

停頓了一下後，又補上一句：

『我知道很難，心中難免會有芥蒂。』

朱雀聽到小怪這番出乎意料的話，不禁目瞪口呆，但他很快就瞇起眼睛，淡淡一笑說：

『沒想到輪得到你來安慰我。』

小怪不高興地瞄著他說：

『什麼嘛！枉費我……』

朱雀把手輕輕一揮，就那樣隱形了。

不得不把話中斷的小怪皺著眉，低聲咒罵著：

『可惡，我是看你虛張聲勢、強裝鎮定，所以關心你一下，不必對我說那種話吧！』

白虎和玄武驚訝地看著口中唸唸有詞的小怪，但是小怪完全沒有注意到他們的視線。

他們的視線訴說著：

這人是誰啊？

起碼他們所認識的『騰蛇』，是那種不管同袍處於怎麼樣的心境，也不會去關心、安慰對方的人，絕對不會。

勾陣在小怪旁邊坐下來，幸災樂禍地笑了起來。

『騰蛇。』

『幹嘛？』

『誰教你做那種不像你會做的事。』

『唔……勾，連妳都這麼說！』

『我只是實話實說。』

托著腮幫子的勾陣，用這句話來搪塞齜牙咧嘴的小怪。

玄武和白虎還是看得驚訝得說不出話來。

6

我有話想對他說。

我有事想問他。

所以，我想再見他一面。

希望他再次把目光投注在我身上。

✦ ✦ ✦

進宮前先繞到土御門府的藤原道長，聽到坐在竹簾後的女兒這麼說，驚訝得張大了眼睛。

她要安倍昌浩再來土御門府見她。

『可以是可以，可是……』

幾天前應中宮的請求，藤原道長透過行成把安倍昌浩召來了土御門府。昌浩與『彰子』早已認識，所以不會引發外界質疑，但是，藤原道長的想法跟外界不一樣。

這個女兒過去從未見過昌浩，為什麼會突然指名要見他？而且不只一次，現在還要再見他一次？

他沒辦法問清楚，因為府上的所有侍女都相信章子就是『彰子』，這是絕不能公諸於世的天大秘密。

藤原道長把玩著手中的扇子，吞吞吐吐地開口說：

『昌浩是個前途無量的年輕陰陽師，又跟妳多少有些因緣，現在妳臥病在床，難免會想依靠他，可是……』

他把飄移不定的視線固定在竹簾前方，不解地問：

『同樣是陰陽師，不如找陰陽寮長或陰陽博士這些獲得大家認同、又有實力的人物來，妳也會比較安心吧？』

不是昌浩不可靠，他是安倍晴明的繼承人，將來對藤原氏族的助益，應該會強過陰

陽寮長或陰陽博士，就像安倍晴明那樣。

想起老人與年紀不符的堅毅眼神，藤原道長不禁黯然神傷。

晴明臥病好幾個月了，其他陰陽師都還不夠牢靠。占卜國家大事時，最值得信賴的還是那個曠世大陰陽師。

派個使者去看看他的狀況吧！

藤原道長在心裡作了決定，轉頭看看背後。在竹簾與格子門外，厚厚的雲層中正落下長長的雨線。

雨聲沙沙作響。他是中宮的父親，所以被請入了寢殿的廂房。雖然不能直接面對面，但不像昌浩只能待在外廊。

中宮生病之後，幾乎一整天都在掛著帳子的床上度過。但是前幾天接見昌浩時，她卻特地下床梳妝打扮，坐在廂房的蒲團上。

時間雖然不長，不過聽說見面時，她一直都挺直了背，所以，說不定是很好的消愁解悶方法。

『父親……』

聽到章子輕聲叫喚，藤原道長端正了坐姿。

『是。』

『我不需要陰陽寮長或陰陽博士。』

『什麼?……』藤原道長不由得反問。

這個女兒曾經用這麼洪亮的聲音跟自己說過話嗎?

中宮以強烈的語氣下了結論,說得藤原道長啞口無言。

『昌浩承諾過會保護我,所以,有他在就不需要擔心了。』

『中宮,妳……』

『父親,』她打斷父親的話,改變話題,『安倍昌浩是個怎麼樣的人?雖然他以前幫助過我,但我對他的認識並不深,父親如果知道,請告訴我。』

藤原道長感到困惑。沒錯,在外人眼中,左大臣的千金與區區貴族之子,身分相差太遠,不可能有什麼交集。但是昌浩卻在不為人知的狀態下,一次又一次地捨命救了彰子。

『他是晴明的孫子,經常協助晴明保護妳。』

藤原道長慎重地選擇用詞,應女兒的要求談起昌浩的事。這個女兒向來沒有這麼積極地問過他關於同父異母的姊妹『彰子』的事,所以也難怪他會有些疑惑。

會不會是見過昌浩後，對那個同父異母的姊妹產生了前所未有的興趣？

藤原道長很擔心這個不曾為任何事執著的女兒。雖然讓她代替彰子入宮的確是基於政治考量，但是，擔心她的將來也是真的。

『啊！對了，聽說安倍家收養了一個女孩，跟晴明有點親戚關係，年紀跟妳差不多，她的親人都不在了。』

咔噹，響起扇子落地的聲音。在竹簾後方，扇子從中宮的手中滑落了。

『中宮？』

『……手滑了一下。』

『是嗎？』

『安倍家的人對那個女孩好嗎？』

藤原道長笑了起來，心想她果然是擔心姊妹。

『晴明重感情，兒子吉昌忠厚老實，小孫子昌浩也繼承了他們的個性，所以她應該過得很好吧！』

說得正開心的藤原道長沒有注意到——

竹簾後的中宮章子緊緊握起了拳頭。

她強裝鎮定，拜託父親：

『前幾天見到他時，我已經感覺到他遺傳自安倍氏族的人品。令人難以置信的是，他抒解了我沉重的心情，所以我想當面謝謝他。可能的話，我想再見他一面，請召他來這裡。』

✦ ✦ ✦

被愈下愈大的雨淋成落湯雞的成親、昌親兩兄弟，全身上下濕得比剛才的昌浩還要慘。把脫下來的簑衣掛到柱子上，雨水就像瀑布般流下來積成水窪。

看到這樣子，昌浩回過頭對背後的天一半開玩笑地提議：

『喂！可不可以把白虎找來，請他颳風把衣服吹乾？或是拜託朱雀把衣服烘乾？』

天一詫異地微微張大眼睛，淡淡苦笑著說：

『如果白虎或朱雀願意的話……』

『慢著，不要麻煩十二神將。』

介入兩人對話的成親慌忙搖起頭來，他身旁的昌親也猛點頭。

『怎麼可以讓爺爺的式神做這種事，我們很快就告辭了，不用招呼我們。』

『我們是來傳話的。』

『什麼？啊！天一，那可以請妳拿毛巾來嗎？』

昌浩疑惑地看了兩個哥哥一眼，接著立刻拜託天一，她也欣然答應了。

兩個哥哥坐在走廊上，昌浩也坐在他們面前。不停撥掉身上雨水的成親用天一拿來的毛巾迅速擦乾身子，終於歇了一口氣。

『唉！真希望梅雨趕快結束。』

進宮也很麻煩。

這麼喃喃抱怨的成親，大可沾岳父的光，搭乘牛車悠哉地進宮，他卻說那麼做不合他的本性，寧可自由自在地走路去。

『恐怕要下到六月中旬吧！不過，中間偶爾會放晴。』

『既然天文生都這麼說了，可信度很高哦！』

『我的專業領域是觀星啊！大哥。』

『都是看著天空，應該不會錯吧？』

這樣的理論是很牽強，但也沒有錯。

『哥哥，你們不是找我有事嗎？』

『啊！對了。』

成親想起自己來的目的，看著昌浩說：

『我們正要回家時，有個陰陽生拜託我們傳話，好像是叫藤原敏次吧？那個將來頗有希望的傢伙。』

『敏次？我做錯了什麼嗎？』

看到昌浩反射性地抱頭苦思，兩個哥哥都笑了起來。他從小就是這樣，到現在一點都沒變。

『不是那樣啦！我不是說他要我們傳話嗎？你回家沒多久後，右大弁大人就去了敏次那裡……』

行成說他有事找昌浩，不過人走了也沒辦法，於是便請敏次轉告昌浩明天下班後去見他。雖然行成說明天，但是敏次從他的樣子看出是急事，所以判斷應該馬上轉告昌浩。可是他今天有怎麼也推不掉的事，不能來安倍家傳話。

就在這時候，安倍家的兄弟就像計畫好似的出現了，敏次就請他們傳話了。他是個很重視禮儀的人，當然拜託得非常有禮貌。

『事情就是這樣，雖然他說明天，不過你最好還是早點去。』

昌浩神情凝重地點點頭。

『嗯，我想也是。』

他站起來，兩個哥哥也跟著站了起來。

『我們也該走了。』

『咦？』

『本來是想來看看爺爺的，但是，從你的神情就知道爺爺不需要擔心了，所以我們改天再來。』

昌浩向來把喜怒哀樂都寫在臉上，他可以那麼專心地聽成親說話，可見沒有什麼掛念的事。

成親兩兄弟又穿上雨水已經滴乾的簑衣，淋著雨走了。

最好還是不要太晚去。

『彰子，我要去一下行成大人家。』

昌浩才剛剛淋成落湯雞回來沒多久就這麼說，彰子驚訝地問：

『為什麼？對了，剛才你的哥哥們好像來過……』

『嗯，他們帶話來給我。現在還不到戌時，去行成大人家應該不會失禮。』

他也想派人去通報，獲得拜訪許可，但是安倍家沒有雜役，無法那麼做。

『不能像晴明那樣放式神出去嗎？』

偏頭思考的彰子說出了昌浩連想都沒想過的事。

『咦……』

小怪代他回答說：

『啊！好主意。昌浩，你用紙簡單摺隻鳥或什麼的放出去看看嘛！只要在那上面寫上字，就可以傳達了。』

『喂！外面在下雨耶……』

昌浩舉起一隻手，冷靜地反駁。

是值得嘗試，可是在雨中把用紙做的式神送過去，會不會有點愚蠢呢？

『爺爺也不會在雨中把紙做的式神放出去吧？還是我沒看過而已？』

『這時候晴明不會用紙做，會用其他東西做，譬如：頭髮。』

小怪輕輕拉扯昌浩的頭髮。

『啊！原來如此，可以用頭髮之類的其他東西。』

『沒錯、沒錯。啊！可是隨便放頭髮出去，很可能被用來做壞事，最好多增強點實力後再使用。』

『到底要怎樣嘛……』

昌浩半眯起眼睛。說話變來變去的小怪跳到他的肩上，用尾巴拍拍他的背，抿嘴一笑說：

『你想放式神就放放看，想現在去我就陪你去，就是這樣。』

決定權總是在昌浩手上，即使小怪他們插嘴干涉，他也不一定要接納。

昌浩斟酌情況。

爺爺的魂魄終於回來了，床邊有可靠的神將們守著，安倍家也有結界圍繞，應該很安全。

自己不在也不用擔心。

『我還是去一趟吧！也想去土御門府看看。』

彰子訝異地眨了眨眼睛，回想起來，她和章子好不容易見面了，卻沒有說到半句話。

她以為兩人絕對見不到面，所以把一切都託給了昌浩。

『不知道她怎麼樣了……不過是昨天才發生的事，她可能還沒平靜下來。』

彰子的臉擔心地扭成一團。昌浩點點頭，說：

『沒錯，我也這麼想……說不定行成大人找我去，就是為了中宮的事。』

雨勢稍微減弱了，昌浩啪喳啪喳濺起水花跑在西洞院大路上。

他沒披簑衣，因為披在身上很重。

跑得上氣不接下氣的他，突然想起什麼似的大叫一聲：

『啊！』

坐在他肩上的小怪偏頭問：

『怎麼了？』

『我沒梳髮髻，也沒戴烏紗帽。』

『……』

聽昌浩這麼一說，小怪這才發現，跟昌浩一起沉默了下來。沉默歸沉默，兩人還是繼續往前走。

片刻後，小怪才沉重地開口說：

『還是別去行成家了，去土御門府看看就好，你覺得怎麼樣？』

小怪舉起一隻前腳這麼提議，昌浩深思後決定採用它的建議。

『再怎麼緊急，也不能忽視成年男子應有的常識和體面，最好還是等明天打扮整齊再去拜訪吧？』

『嗯。』

隱形聽著他們交談的勾陣，經過冷靜的分析，認為這是合宜的做法。

昌浩在雨中改變了方向。

從前面的二条大路左轉，走向東京極大路。這一帶林立著位高權重的貴族們的宅院，但是雨下得太大了，路上幾乎沒有人來往。而且，大路寬約十六丈，在路的正中央奔馳，應該也不會被瞪。

這種時候就會感謝京城大而不當的寬敞道路，大到趕路時要從中間直接穿過去都有點費力。

昌浩一邊從二条大路往東走，一邊雙手結印，在口中低聲唸著咒文。

小怪偏頭想了一下，露出恍然大悟的表情說：

『你在躲雨？』

『嗯，反正沒人在看。』

昌浩吐吐舌頭，笑著說，小怪用尾巴敲了敲他的後腦勺。

剛才打在身上的雨滴沒有碰觸到昌浩和小怪就彈開了。儘管失去了靈視力，這種程度的法術他還做得到。小怪坐在他肩上，可以代替他的『眼睛』。

水啪喳啪喳濺起。即使在夏天，氣溫也會因為下雨的關係變得很低，淋著雨到處跑，絕對會感冒，家裡有一個病人就夠麻煩了。

路滑不好走，光走路就很耗體力。昌浩氣喘如牛地走在平常絲毫不覺得費力的路上時，有種穿越了什麼東西的感覺。因為沒有任何阻礙，他就那樣穿過去了，可是那種感覺很熟悉。

昌浩停下了腳步。小怪看到他的樣子不太對勁，就跳下了他的肩膀。沒多久，勾陣也現身了。

他們突然發現雨停了。

不，是他們進入了雨打不到的地方。

小怪懊惱地咂咂舌，警戒地皺起了眉頭，紅色鬥氣籠罩著白色身體，酷似熊熊燃燒

的火焰，不久後逐漸高漲、散開，出現了修長的身軀。

『天狐，給我出來！』

紅蓮發出怒吼，從身體釋放出火焰的波動。

灼熱的鬥氣沿著地面蔓延開來，乾燥的沙子瞬間被熱風吹得漫天飛揚，變得白茫茫一片。

沙煙裡彌漫著冰冷的妖氣。

昌浩屏氣凝神，體內深處湧現不自然的脈動。他猛然壓住胸口，想起道反的守護玉石已經碎裂，緊咬住嘴唇。

糟了！要靠自己的意志力控制天狐的火焰，效果非常有限。

他隔著衣服握緊香包護身符，耳朵深處彷彿響起規律、柔和的心跳聲。

天狐的火焰搖晃起來，意圖抹消那個心跳聲。

『！……』

絕不能被天狐的血吞噬！縱使異形的力量會侵蝕身體、縮短生命，這個軀體遲早有一天會抗拒不了，他也絕不認輸！

他想起出門前，彰子有些擔心地對他說小心點，送他到門口。他告訴彰子不用擔心，他會趁早回來，這也是承諾。

他許下了太多重要的承諾，所以絕不能輸給這個擋住去路的可怕天狐。

紅蓮走到正在調整呼吸、集中精神的昌浩前面。

『勾，妳抓住昌浩。』

『紅蓮？』

昌浩沒料到紅蓮會說這種話，反射性地追問。勾陣聽紅蓮的話，走到昌浩背後，抓住他的肩膀。

『勾陣，妳幹什麼……』

『那傢伙是怪物，理應由我們十二神將對付。』

回想起來，這還是第一次與凌壽單打獨鬥。

但是，天狐很強，擁有龐大的通天力量，連青龍都被他打傷了。

『可是紅蓮一個人……』

『昌浩！』勾陣打斷昌浩的話，凝視著同袍的背影說：『那麼我問你，你知道騰蛇真正的力量嗎？』

『咦？……』

昌浩不由得望向紅蓮的背影，他額頭上的金箍就是用來封鎖他與生俱來的強大通天力量。

一年多前在貴船，他看過紅蓮失控的火焰。幸虧有高龗神佈設的結界阻斷了火焰的延燒，把損害降到最低，但那直衝天際的火焰漩渦，的確是可以把所有東西都燒成灰燼的地獄業火。

勾陣的雙眼閃爍著光芒。

『道反大神不是也說過嗎？——騰蛇比我更強。』

中宮章子抬頭看著天空，眼神呆滯。

入夜前的短暫時間，是所謂的黃昏。

『魔物蠢動的時刻……』

侍女聽到她的低喃，叫了聲：『中宮？』

但是章子就那樣搖搖晃晃地走向了外廊。

雨下得沙沙作響，聲音不絕於耳。

從很久以前，她就常聽著這樣的聲音。

自從母親過世後，她就常常一個人在自己誕生的家中，聽著雨聲，或是不厭倦地盯著黃昏的天空。

心總是空的。聽偶爾來訪的父親說話時，心情也開朗不起來。

她聽過很多關於彰子的事。

父親不斷重複地對她說，她們真的長得很像。

去年冬天，父親又說了同樣的話。

妳跟彰子長得這麼像，去當彰子的替身，應該也不會有人起疑。

『我是誰？……』

現在，在土御門府的是名為『中宮』的存在。出生時被賦予的名字，已經不存在於任何地方了。

潮濕的空氣纏繞著她，以前不曾有過的感覺塞住胸口，窸窸窣窣地震盪著。

赤腳踩上外廊的她，發現手指上纏繞著黑色的東西。

像黑色絲線般的東西纏住了手指，拉不開。

一陣寒意掠過背脊。她蹲下來，伸出手，想剝掉絲線。就在碰到絲線的剎那間，一股恐怖的觸感在皮膚上擴散開來。

『什麼……』

黑色絲線？不，這是……

『頭髮？』

突然，有人在她耳邊竊竊私語。

——好不甘心。

『唔！』

章子倒抽一口氣。好可怕的聲音！她聽過這個聲音。

是那個和尚——

她不由得發出驚叫聲，但是，聽到驚叫聲只是她自己的錯覺，只有扭曲變形的喘氣聲從她凍結的喉嚨溢了出來。

身體動彈不得。纏住手指的頭髮像是擁有自己的意志般，沿著皮膚往上爬行。

——妳也是吧？心中充滿了嫉妒吧？

你在說什麼？我不知道，我什麼也不知道。

好像有人在她肩頸處輕輕發出嘲笑聲，難道就在她後面？

不可能，這裡是土御門府，到處都是侍女，若有可疑的人闖入，一定會引發騷動。

對了，我得叫警衛來，叫他們來保護我。

——沒用的。

男人像看穿了她的心思般這麼說。

——妳就快回皇宮了，再也不能延期了。

章子的眼睛瞬間凍結了。

她就要回宮了。回到那個可怕的皇宮，回到那個愛恨情仇縈迴的後宮，回到那個沒有人認識真正的她的孤獨牢籠裡。

『我不要……』

剎那間，腦海中閃過安倍昌浩的身影。

回到皇宮後就見不到他了。

我不要，我不想回去，我想見他。見到他，跟他說說話，請他保護我。

因為他答應過我，會保護我啊！

『答應……』

纏繞手臂的黑髮愈纏愈緊，漸漸嵌入皮膚裡，沒有絲毫痛楚，不久就鑽進皮膚裡，不見了。

怦怦！劇烈的脈動貫穿全身。可怕的觸感在皮膚下四處爬行，衍生出異常的熱度。

頭暈目眩，思緒變得模糊，再也無法思考了。

──說說看，妳有什麼願望？

催促的聲音中帶著奇妙的魅惑，讓人渾身發冷起寒顫，遮蔽了所有思緒。

『願……望……』

我想見他，我不要進宮，不要再當什麼替身了。

章子的眼中燃起黑色火焰。

『本來就是嘛……』

彰子不是好端端地待在他身旁嗎？為什麼不能入宮呢？

她看起來很健康啊！沒有任何殘缺，也不像有受傷的樣子。

卻理所當然地待在他身旁，理所當然地待在那裡。

讓章子扛起所有沉重的擔子。

自己過著平靜安逸的生活，什麼也不知道。

『我想跟她交換……』

為什麼我不能待在她在的那個地方？

是誰害得我不得不承受這麼可怕的事？

是誰非把我逼入那個孤獨的地方不可？

『我不想再……待在這裡了。』

某種漆黑、冰冷又混濁的生物在她體內蠕動著。

丞按抬頭看著環繞土御門府的圍牆，猙獰地奸笑起來。

『不管是誰，心裡都豢養著黑暗。』

而且愈是在不知情的狀況下豢養，那個黑暗就愈冰冷、深沉。如果硬拖出來，就會產生無法控制的衝擊。

從宅院裡傳出一連串的驚叫聲。

『中宮……中宮不見了！』

『快去找啊！』

『中宮跑哪裡去了？』

不久後，在連連慘叫聲中，開始夾雜著尖叫聲。

『是異形，是異形幹的好事！』

『中宮被「神隱」①了——！』

丞按發出咯咯的低沉笑聲。

他不過是戳了一下心底的黑暗，那個愚蠢的女孩就落網了。

哪個才是真正的中宮不重要，他要的只是那個肉體容器。

『——！』

丞按的眼睛突然浮現裂痕。

站不穩的他，用錫杖拚命撐住自己的身體。

『……羅剎，再等一下！……』

我還不能把我的一切讓出來給你。

只要今晚就好，等事情結束後，你就得到解放了。我解開你的封印，就是為了這一刻。

——好吧……

像泡沫般虛幻的記憶在內心的角落炸開又消失了。

丞按抖動肩膀喘著氣，自嘲般地喃喃唸著：

『爺爺……等我替大家報仇雪恨後再出來吧！』

如果祖父看到從小就被他告誡不能解開封印的孫子所做的事，一定會嘆息吧！

他可以看到全族人的臉，每一張臉上都充斥著憎恨和怨懟。其中也包括了年幼的孩子們，他們自始至終都不曾了解憎恨的真正涵義。

『原諒我，我將會下地獄。』

然後，把你們當成道具，報仇雪恨。

想起安倍家那個孩子，丞按不禁揚起了嘴角。

那孩子跟當時的自己差不多年紀。

大概從來沒有嘗過不要命的憤怒、憎恨與怨懟的滋味吧？

好個生活安逸的幸福孩子啊！

一想到這點，他就焦躁得反胃作嘔。

『安倍之子啊！如果換成我的立場，你還能肯定地說要保護對方嗎？』

啊！那樣也不錯。

就算不能讓他經歷同樣的遭遇，讓他嘗嘗重要的東西被強奪的痛苦滋味也好。

那雙清澈的眼睛令他煩躁，那屹立不搖的信念令他怒火中燒。

丞按笑了起來。

他突然想到自己為什麼沒有一開始就殺了那孩子。

因為那孩子酷似很久、很久以前，在全族被屠殺的那天晚上，已經跟著族人一起被埋葬的自己。

✦ ✦ ✦

誘人的聲音在腦中響起。

這是賭注。

如果那孩子選擇了妳，妳就得救了。

但是，將會犧牲另一個女孩。

這樣也無所謂嗎？

真的可以嗎？

『這樣……有什麼不可以？』

✦ ✦ ✦

小怪的陰陽講座

①在很久以前的日本，家中如果有人不見了，大家就認為是被神或天狗帶走隱藏起來了，所以把一個人無故失蹤稱為『神隱』。

7

紅蓮釋放的火焰鬥氣在天狐凌壽佈設的結界中燃燒著。

凌壽以冷冷的眼光斜瞄著紅蓮。

『我有事找那孩子。』

『他沒事找你。』

『十二神將還真礙事呢！』

『是嗎？』紅蓮淒厲地笑著說：『太巧了，我也覺得你非常礙事。』

鮮紅的火焰轟地延燒起來，劇烈扭擺的火蛇撲向了凌壽。

凌壽撥開狂亂起舞擦過屍蠟肌膚的火蛇，右手的爪子伸長變形。

『快受死吧！』

凌壽揮舞化成刀刃的爪子，蹬地而起，紅蓮正面接招迎擊。

『同樣的話回敬給你！』

怒氣沖沖地撂下狠話的紅蓮稍微半蹲閃過爪子，乘勢衝向凌壽，一舉縮短了距離，

展開肉搏戰。

『什麼？』

紅蓮對準大驚失色的凌壽胸口，揮出鬥氣的漩渦。無形的衝擊貫穿天狐軀體，體內瞬間響起骨頭碎裂的聲音。

受到強烈衝擊的凌壽仰天向後倒，身體劃出一個圓弧，紅蓮乘機繞到天狐身後，抓住他的手臂，把他扣倒在地。

『我要殺了你，奪取救我主人生命的天狐天珠！』

熱風升騰，凌壽口吐血沫。

『你！……』

天狐的灰色眼睛閃過兇光，爆發出妖力。

但是，被紅蓮的通天力量徹底反彈了出去。

強烈的暴風襲向昌浩和勾陣，被擋在勾陣及時佈下的結界壁壘外。

『十二神將！』

凌壽發出怒吼，以妖力製造出無數的真空氣旋。

被好幾個氣旋割傷的紅蓮完全不在乎，施放出火蛇纏繞住凌壽全身。

黑髮劇烈翻飛，彷彿存在著自己的意志。

從頭髮飄散出來的陰森妖氣殲滅火蛇，颳起了龍捲風。

『不要阻撓我，把那孩子交出來！』

凌壽氣勢洶洶地大聲吆喝。

『你休想！』

紅蓮怒吼回去，以通天力量攻擊凌壽。

昌浩更用力按住了胸口，每次釋放天狐的力量，體內深處就會產生不自然的脈動。

他邊奮力與體內的力量搏鬥，邊喃喃說出心中的疑問：

『……為什麼要我……』

凌壽總是說：

你的血太薄弱了，不能當誘餌，引不出晶霞。

所以我不會對你怎麼樣。

現在卻……

凌壽大概是聽見了，注視著昌浩說：

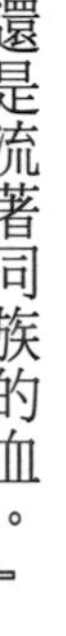

『不管怎麼樣，你還是流著同族的血。』

昌浩疑惑地回看他，他邊閃避紅蓮的攻擊，邊說：

『儘管你的眷族力量只有那種程度，搶到手還是有加分作用。』

手腳末梢驟然發冷。

勾陣全身冒出鬥氣，紅蓮也一樣，酷烈的火焰漩渦強烈地扭擺迴旋。

『你的意思是……』紅蓮低吼，以淒厲的眼光瞪著凌壽說：『你要殺了他，奪走他的力量？』

『我就是那個意思，你是白癡嗎？——讓開！』

凌壽嗤嗤冷笑，把紅蓮擊飛出去，蹬地而起撲向昌浩。

『脆弱的眷族，讓我幫你發揮那股力量！』

在晶霞的力量完全恢復之前，即使利用那個老人把她誘出來，現在的自己也不是她的對手，讓凌壽懊惱不已。

晶霞從以前就老是阻撓自己。

『不要動，小子！』

這句話像咒縛般，使昌浩的腳生了根拔不起來。是體內的天狐火焰聽從了眷族的言靈。

『昌浩，快閃開！』

紅蓮的叫聲震耳欲聾。

但是凌壽的動作更快，銳利的爪子刺向昌浩的喉頭。

『勾！』

就在驚慌失措的聲音響起之際，凌壽的爪子被亮光一閃的武器從中砍斷了。

順利的話應該會貫穿喉頭的爪子，結果只刮破了薄薄一層皮。

右手抱著昌浩、左手握著筆架叉的勾陣，以犀利的眼神瞪著凌壽。

從她身上散發出狂亂的通天力量。

昌浩全身僵硬，感覺到凌壽投注在自己身上的憎惡。

凌壽瞠目怒視。

不知何時，伸出來的筆架叉刀尖已經戳入了凌壽的喉頭。

『昌浩，你讓開。』

低沉的聲音這麼說，昌浩慢慢從兩人中間鑽出去，再仔細一看，赫然倒抽一口氣。

『勾陣……』

凌壽長長的爪子深深地插入了她的右臂。昌浩這才想起來，剛才有東西瞬間遮蔽了

他的視線。

是勾陣在剎那間以自己的身體為擋箭牌，替昌浩擋住了不僅直撲他喉嚨，更對準了他的眼睛……不，對準了他眉間要害的天狐爪子。

勾陣與淩壽互不相讓，對峙了好一陣子。

『十二神將！……』

淩壽低吼著，他急著想攻擊昌浩，又怕移動視線就會瞬間喪命。戳入喉頭的刀尖正慢慢地往前推。

嵌入勾陣手臂裡的爪子也緩緩挪動著，不是往裡推，而是慢慢翻攪。

通天力量與妖力勢均力敵，陷入膠著。

昌浩緊盯著對峙的兩人，一步步往後退，退到紅蓮身旁。

『紅蓮，勾陣她……』

『我知道。』

回答裡有掩不住的焦躁。

輕舉妄動很可能傷及勾陣。

需要某種機會來突破這樣的膠著狀態。

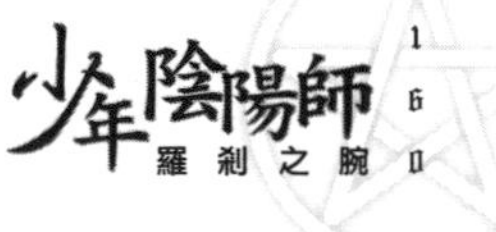

周遭充斥著駭人的緊張感。勾陣發現，凌壽是邊維持結界，邊與自己對峙，也就是說自己的能力還不及他。

凌壽不可能沒有想到這件事，他繼續演出這場鬧劇，是為了牽制紅蓮和昌浩的行動。

他到底想怎麼樣？不是要昌浩的命嗎？

凌壽清楚看到勾陣的眼眸轉動著，滿臉奸笑地說：

『妳還滿聰明的嘛……』

太瞧不起人了！無意識的憤怒在她心底燃燒起來。

凌壽一眼就看穿了她的心在動搖。

膠著狀態被乘隙突破，爆發出來的天狐力量凌駕神將的通天力量，擊潰了勾陣。

紅蓮立刻把昌浩拉到身後，以身體擋住天狐施放的力量，強烈的衝擊幾乎拆散了他的身體。

『紅蓮、勾陣！』

昌浩的叫聲灌入兩人耳裡，同時他們也感覺到天狐的氣息逼近了昌浩。

『昌浩！』

兩人同聲呼喚。

瞬間，昌浩以靈力築起堅固的壁壘，迎擊凌壽。

『嗡阿比拉嗚坎夏拉庫坦！』

真言化為力量。凌壽沒料到會遭受反擊，冷不防被打個正著。

『什麼？』

昌浩狠狠瞪著錯愕的天狐，結起手印。

『南無馬庫薩曼答巴沙啦旦坎！』

揮出的刀印分裂成無數的純靈氣刀刃，撕裂了凌壽的身體。

昌浩再也支撐不住，倒了下來，重複著急促到不自然的呼吸，額頭上冒出豆大的汗珠。

白色火焰在體內搖曳著。

不行，繼續待在這裡，天狐之血會被凌壽拖出來。

昌浩使出吃奶的力氣，集中全副精神。

『萬魔……』

愈來愈強烈的火焰在眼底燃燒。

回想當時，眼看著他的內心就要被火焰吞噬了，是從彰子的臉頰滑落下來的冰冷淚珠救了他。

『拱服──！』

他使盡渾身法術，擊破了天狐佈下的結界。

靜寂逐漸遠去。

意識愈清楚，嘩嘩的雨聲聽起來也愈大聲。

昌浩緩緩張開眼睛。

冷風颼颼，充滿水氣，感覺很沉重。

看到視線前的樑木，他隱約猜到自己是在某處的天花板下。

白色的東西出現在視野之中。

『昌浩。』

不安的聲音完全喚醒了昌浩。

『這是……哪裡？』

『某處廢墟吧！』

回答的是小怪之外的另一個聲音。

昌浩眨眨眼睛，慢慢地爬起來。

他知道體內深處的火焰燃燒得更熾烈了。

似乎是在千鈞一髮之際逃出了凌壽的魔掌，昌浩按著胸口，嘆了口氣。

『凌壽呢？』

『結界瓦解時，他就不見了蹤影……你還好吧？』

蹲在他身旁的勾陣擔心地看著他，他點點頭，環視周遭狀況。

這是一棟荒涼殘破的建築物，飄散著混濁的空氣。

確認沒有任何異狀後，昌浩站起來說：

『好舊啊……』

家具全都蒙上了厚厚一層灰，昌浩剛才是躺在比較不髒的地面上。

他感到脖子一股涼意，緊接著寒顫掠過背脊，全身起了雞皮疙瘩。

雖然失去了靈視力看不見，但還是可以清楚感覺到不對勁。

『這是什麼地方？』

仔細一看，勾陣和小怪也都超乎尋常地提高了警覺。

『不知道，醒來時就發現我們被從結界拋進了這個荒涼的廢墟裡。』

『好像是個小小的聚落，已經殘破不堪了，只有這裡勉強還可以住人。』

昌浩走到門口。

雨還下個不停，黑暗中只聽得見雨聲。

昌浩對自己施了看透黑暗的暗視術，仔細觀察周遭。

應該是有幾間緊緊挨在一起的小小住家，因為幾乎都被風雨摧殘得面目全非了，所以只能憑想像。

遠處有棟比較寬敞，足以稱為『宅院』的建築，看起來也很荒涼，但還勉強保有原來的模樣。

看到那座宅院，昌浩的心臟怦怦跳了起來。

『那裡……』

昌浩記得這個感覺。

看到發生過死亡的地方，他的心就會騷動不安。即使看不見，也能切身感覺得到。

小怪和勾陣走到昌浩身旁，看到那座宅院，臉色沉了下來。

『最好不要接近那裡。』

『沒錯，感覺很不好。』

『可是……』

直覺告訴昌浩，那裡有非去確認不可的東西。

凌壽壓著脖子，口吐血沫，不停地咳嗽。

咳咳的嘈雜聲中夾帶著嘆息。勉強逃過了要害的攻擊，所以沒有生命危險，但是要使用相當大的力量才能治癒這次的傷勢。

凌壽的灰色眼睛閃爍著憤怒的光芒。

『十二神將……那個可惡的女人！』

聽到嘎噠聲響，凌壽轉過身去。

面如死灰的丞按就站在他後面。

『吃了敗仗啊？』

凌壽清楚感覺到他話中帶著嘲笑，狠狠瞪著他。他卻絲毫不為所動，看著在黑暗中動也不動的小小身影。

臉上彷彿貼著人造假表情的章子坐在那裡，眼睛眨也不眨一下。

丞按不知道她在想什麼、看著什麼，也不想知道。只覺得她很愚蠢，瞧不起她。因為是她自己把自己囚禁在膚淺的愛慕裡，偏離了她該走的路。

隨著時間流逝，丞按體內的衝動愈來愈強烈，他就快失去自我了。

凌壽默默瞪著丞按好一會後，以缺乏抑揚頓挫的聲音說：

『那個孩子跟式神是我的。』

他要報仇雪恨，再把那個薄弱但多少有點用處的靈魂做成天珠。只要流著眷族的血，就不可能做不到。

取得他人的天珠，就能恢復體力。儘管不能完全恢復，也比沒有好。

就這點來說，那個老人的天珠更有用，可是一旦對他下手，晶霞不會坐視不管。現在跟晶霞交手，根本就是自殺。

把十二神將的神通力量與靈格佔為己有也不錯，可以另作他用。要不然，乾脆把十二神將全殺了，奪取他們的力量，當禮物帶回去給九尾。

凌壽覺得這個主意還不錯，因為他把九尾給他的天珠都用完了。不準備替代品的話，自己說不定活不了。

好不容易才活到現在，為了這種無聊小事喪命，就太不值得了。

替代品愈多愈好，何況又是不同的種類，想必能滿足九尾。

『喂！丞按……』

男人沉默地轉過頭來，抬起下巴，催促眼神狡黠的凌壽繼續說下去。

『你要怎麼處置那個女孩？』

『與你無關。』

『是嗎？你把我的頭髮嵌入了她體內吧？是我幫了你，起碼讓我知道你想怎麼做嘛！』

凌壽看似毫無邪念地接近章子，興味盎然地看著她完全沒有反應的秀麗臉龐。

接著，在她動也不動的眼睛前揮揮手，用尖銳的爪子抬起她的下巴，微微瞇起了眼睛。

『原來是把自己鎖進了軀殼裡啊……』

凌壽瞞著丞按，偷偷用爪子尖端刮傷章子的下巴深處，再刮傷自己的手指，把滲出來的微量血液壓在她的傷口上。

『……』

章子的眼皮顫動了一下。流入她體內的天狐之血，將會慢慢遍及全身。

凌壽滿意地笑笑，放開了章子。

這一連串的動作，丞按都沒有發現。他以錫杖支撐著自己，等著狂亂的衝動在體內變得更加劇烈。

『羅剎……時候就快到了。』

幢幢黑影從丞按的身體飄了出來。

那是被封入族人代代相傳的甕裡的東西。

從大陸過來時，怎麼樣都無法捨棄，就捨命帶過來了。

據說是祖先們封鎖起來的可怕魔物，絕對不能放出來。

丞按卻解放了魔物。

為了報族人之仇，也為了讓族人們替他們自己報仇雪恨。

氣喘吁吁的他，露出淒厲的笑容。

『等著吧！藤原，你把我們族人當成螻蟻般屠殺，我絕對會摧毀你的野心！』

我在等他來。

因為他承諾過——

承諾過會保護我。

我被帶來了這麼可怕的地方。

處境比之前更可怕。

但是，我不怕。

因為他一定會來。

來到我身旁，而非她身旁。

✦ ✦ ✦

在大雨中，昌浩把手伸向大門，毅然決然地拉開了門。

木門嘎嗟作響敞開來，他把比想像中更沉重、難開的門，推開到自己可以過得去的縫隙，鑽進了宅院裡。

老鼠吱吱叫著，就像被不速之客嚇到，提出了抗議。

昌浩小心翼翼地觀察四周，穿著鞋踩上走廊，慢慢向裡面前進。每前進一步，心跳就加速，發出怦怦聲響，呼吸也變得更急促。

空氣非常混濁。

這個空間已經被封閉了很久。

『昌浩，你臉色發白呢！還好吧？』

走在他旁邊的小怪大驚失色。他咕嘟吞了口口水，抓住了身後的勾陣的手。

『對不起，有點……』

突然冒出紅色鬥氣，嬌小的小怪轉眼變成壯碩的身軀，從全身緩緩釋放出酷烈的神氣，包圍了昌浩和勾陣。

昌浩大吃一驚。

『紅蓮？』

『這個地方有問題，你擁有強大的力量，所以只受到這種程度的影響，無法想像一般人誤闖進來會怎麼樣。』

『充斥在每個角落的，不是怨念那麼簡單的東西。無人宅院原本是最好的巢穴，這裡卻不見半隻小妖。』

不只自己的神氣，紅蓮的神氣也築起了防禦壁壘，讓勾陣鬆了口氣。混濁空氣的沉重與陰森纏繞著神經，會讓人分散注意力。

昌浩緩緩移動著視線。

他從來沒有經歷過這麼劇烈、駭人的恐怖氣氛。

可能的話，很想逃出去，大腦某處卻有什麼東西誘惑著他，那也許是一種本能。

『那邊……』

昌浩做個深呼吸，繼續往前走。紅蓮和勾陣互看一眼，嘆了口氣。

那是陰陽師的直覺，他們應該聽從，但心態上是很想盡快把昌浩帶離這裡。

每前進一步，昌浩都要拚命壓抑加速的心跳，調整呼吸，努力安撫情緒，儘可能集中精神。

隨著步伐前進，心臟逐漸冰冷。體內的脈動分明無比強烈，手腳卻隨著脈動愈來愈像冰柱。

相對地，感覺愈來愈清晰。雖然看不見，對所有東西的敏銳度卻增強到前所未有的程度。

穿過走廊，來到廳堂，所有人都呆住了。

整片地面都被污染成黑色，散落在那上面的白色東西是經過歲月風化後變成的骷髏。可能是被老鼠啃食，大半都已失去原形，散落各處。

昌浩舔舔乾澀的嘴唇，以嘶啞的聲音說：

『這些黑色是……』

不用確認，也知道那是什麼。

隱約可以猜出這裡曾經發生過什麼事，但是昌浩想知道更確切的內容。

他壓住嘎噠嘎噠發抖的膝蓋蹲下來，把手指伸向最靠近自己的骨頭。

從氣息可以知道紅蓮皺起了眉頭，勾陣也一樣。昌浩假裝沒察覺，閉上了眼睛。

心臟撲通撲通跳著，天狐的火焰微微搖曳。

我要的不是這個力量，拜託拜託，千萬不要失控。

我要的是能讀取骨頭裡殘留記憶的力量。

『恭請奉迎……』

昌浩低聲吟誦，傾注所有意識。

彰子抬頭看著已經全暗的天空，擔心地喃喃自語：

『昌浩怎麼還不回來……』

他說過會趁早回來，現在都快亥時了。

看著自己手腕上的瑪瑙，她悄悄地嘆了口氣。

『應該不會有事吧！』

她有看過放在昌浩房間矮桌上的丸玉碎片，心想，那不是護身符嗎？自己手腕上的瑪瑙也是護身符，但是，碎片中的殘餘力量強烈得驚人。比晴明畫的符咒還要強烈。

力量如此強大，卻碎成了那樣。

沒有人告訴她真相，她只能猜測是不是因為昌浩身上的力量超越了玉石的力量？

從很小的時候開始，她就聽說安倍晴明是狐狸之子，可是這個偶爾見面的老人看起來真的就像一般人，只是有點灑脫不羈，但對她很好。

雖然他對昌浩是有點殘酷，不過，他看著孫子的眼神真的很慈祥、充滿疼惜，可以看出他多麼愛這個孫子。

彰子嘆口氣，走向昌浩的房間。

已經過了晚餐時間。吉昌和露樹似乎心裡也有數，昌浩傍晚出門時，就猜到他會很晚回來了。

晴明今天的晚餐是彰子的精心傑作。說精心傑作，其實也只是把稀飯熬煮得像濃湯，再端去給晴明。令彰子印象深刻的是，十二神將圍著晴明說不吃身體不會好，晴明才勉強吃下去。

她拉開木門，進入昌浩的房間，點亮燈台坐下來。天一和朱雀不想打攪她，等在走廊上，彰子可以感覺到他們的氣息。

『等他回來，給他準備飯糰就行了吧？』

想到應該正餓著肚子的昌浩，彰子又嘆了一口氣。

有種奇妙的感覺。

心裡七上八下，總覺得會發生什麼事。

她無意識地環顧室內，視線落在六壬式盤和星象圖上。

晴明說自己的天命和星宿已經偏離了原來的軌道，而同父異母姊妹章子的星宿也動了起來。

對了，她想起那之後還沒占卜過星宿變成怎麼樣了。

改天請昌浩占卜吧！

可是，不久前提起這件事時，小怪說了教人納悶的話。

『啊！叫昌浩占卜妳的星宿……是可以試試啦！會怎麼樣呢？』

當時就在附近的六合與勾陣好像也都儘可能地不回答。

『為什麼？』

一旦起了疑心，疑問就會愈來愈擴大。

彰子想了很久，對木門外的兩名神將說：

『能不能請教一件事？』

《怎麼了？》

彰子把疑問拋給回應她的天一。

『……小怪那麼說是什麼意思呢？』

《就是……》

天一很少這樣詞窮。知道的事，她會答得很乾脆，答不出來時會為自己的才疏學淺道歉。

太奇怪了，這到底是怎麼回事？

彰子的疑問愈來愈深了。

朱雀代替沉默的天一回答：

《因為占卜對象如果跟占卜人的星宿有關係，就卜不出結果吧！》

彰子眨了眨眼睛。

原來如此，昌浩救過自己，還承諾過會保護自己，而所謂保護就代表彼此之間有關係存在，所以小怪才會那麼說。

『只是保護嗎？……』

所謂關係有很多種類。

彰子低聲嘟囔，低下了頭。並沒有人在看，她卻害羞得臉發熱。

她希望與昌浩重疊相關的部分可以永遠持續下去，直到一方的天命結束。

自然而然地這麼想，讓她莫名地覺得害羞。

她掩飾地拍拍臉頰，做了個深呼吸。

忽然，某種類似預感的直覺揪住了胸口。

『……』

她已經決定不要太相信自己的直覺，因為她知道，該信的是她身旁最值得信賴的陰陽師的直覺。

事後回想起來，原來那個預感就是這件事，她不禁掩面哭泣。

8

他好害怕。

害怕得不得了。

沒有人告訴他為什麼會發生這種事。

在夜晚的黑暗中，他看著突然冒出來不停殺戮的生物，茫然地想著。

啊，那生物……

肯定就是祖父說的吃人怪物，叫作『羅剎』。

心跳加速，撲通撲通劇烈得疼痛。

很多人死在這裡，完全沒有抵抗，任人屠殺。

他們知道就算抵抗、逃走，追兵也會追到天涯海角。

所以他們沒有抵抗，寧可選擇被殺。

只為了保住全族中最重要的一個孩子。

原本靜止不動的昌浩像斷了線般不支倒地。

『昌浩！』

紅蓮慌忙在他身旁蹲下來，發現他全身顫抖，眼睛大張，眼神失焦。

『昌浩，你怎麼了……快回來啊！昌浩……不要被拖走！』

紅蓮的大聲斥喝，把昌浩的意識從過去的亡靈中拉了出來。

『唔……』

昌浩大大喘口氣，緩緩爬起來。

『你還好吧？』

蹲在紅蓮對面的勾陣問他，他點點頭，一隻手貼放在額頭上。

『思緒有點亂……呃，兼家是誰？』

『兼家？』

紅蓮疑惑地問。昌浩接著說：

『是藤原家的人，我不認識這個人，所以應該是以前的人。』

紅蓮把手指按在嘴唇上，搜索記憶。

『藤原……兼家，是那個兼家嗎？』

『誰？』

『藤原道長的父親，在你有記憶之前就死了，所以你當然不知道。』

昌浩臉色發白。

原來是這麼回事啊！

他環視廳堂，表情哀痛地扭成了一團。

『難怪這麼恨……』

猜不透怎麼回事的勾陣舉起手，對有所領悟的昌浩說：

『請說明這裡是什麼地方。』

這裡是……

昌浩找不到適合的詞彙，閉上眼睛回答說：

『……是渡海而來的小氏族，被藤原兼家派來的刺客趕盡殺絕的地方。』

這一族人是從大陸渡海而來的人民，傳承著不同於陰陽道的其他咒術。

藤原道長的父親兼家，與親哥哥兼通之間有嫌隙。

他恨哥哥，很想及早除去這個眼中釘。

他們都害怕人的怨念，但是，要掌握政治就要犧牲別人、成就自己，他們怕自己有一天也會淪落到同樣的下場，所以豢養法術高強的術士來排除怨念，防止那種事發生。

渡海而來的這一族人，就是兼家瞞著世人豢養的術士。

這一族人使用的法術是這個國家所沒有的，由這些術士動手，就可以神不知鬼不知地剷除敵人。

他們都想要地位、想要權力、想要財產，沒有比這些更重要的東西，為了這些，他們不惜付出任何犧牲。

在上位者，不會考慮被蹂躪的人也有一顆心，甚至不會發現那些人曾經有過那樣的東西。

對他們來說，手下的棋子連螻蟻都不如，沒有利用價值了就該銷毀。

『這一族人成了權力鬥爭的犧牲品。』

雨勢減弱後，昌浩離開了破瓦頹垣的聚落。這個地方離京城不遠，但是位於深山中，人跡罕至，他們應該是刻意躲藏在那裡。

因為他們是帶著法術和可怕的東西，從大陸渡海來到了這裡。

『他們靠藤原庇護，使用法術替藤原剷除敵人。不斷重複同樣的事，每次也都確實完成了任務。』

他們本身並沒有這麼強大的力量，是法術發揮了極大的效果。

也就是仰賴他們封鎖後帶來這個國家的恐怖魔物。

『封鎖、傳承……藉用那個力量施行法術，因為是怪物的妖力，當然遠勝過人類的力量。』

聽說那是吃人的怪物。

『那一族人稱它為「羅剎」。』

縱使是怪物，只要使用得當，就能振興全族。他們謹慎小心地傳承著，代代只傳給

直系族人。

走在昌浩身旁的小怪滿臉疑問。

『直系？』

昌浩頓了一下，神情哀怨地說：

『根據傳說……就是身上流著羅剎的血。』

傳承怪物血脈的一族。

小怪夕陽色的眼睛瞪得斗大，低聲嘟囔著：難怪那傢伙說自己是『怪物』。

因為觀看過去而陷入飽和狀態的大腦，總是會混亂得不能思考。

像有顆大石頭壓在心頭上似的，昌浩拍了拍胸口，用力挺直背。

『有一次，那一族的咒殺失敗了。』

嚴格來說不算失敗，只是結果來得比兼家所希望的時間晚。

些微的延宕就摧毀了兼家的野心。

兼家沒有理由讓無能的棋子繼續活下去，所以殺了失誤的一族。

由結果來看，就是這樣。

那已經是過去的事了，昌浩只看到了片段。

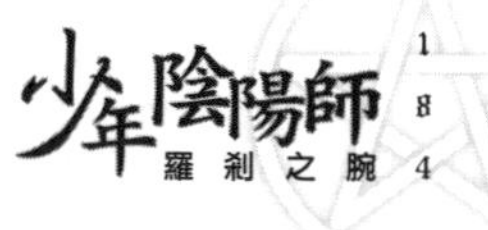

但是，那裡的確有人生活過。而且，在這些人的心臟停止前，的確有過血流成河的血溫與無助求救的呻吟聲。

他們全力保護的唯一子孫，必須承受這一切。

——好痛啊……

保護妹妹直到斷氣的年幼男孩，為了不讓妹妹遭受更大的迫害，以自己的身體作為盾牌。

有個老人為了保護一個人，被砍成重傷，趴在櫃子上死去。

我把所有族人的生命都獻給你，請你保護這孩子——老人向賜給族人力量的怪物這麼祈求。

那孩子什麼都不知道，族人不想讓他背負任何重擔，什麼也沒告訴他。

『那孩子就是丞按。』

那不是他真正的名字，為了不忘記這件事，他拋棄了原來的名字，以所愛的弟弟、妹妹的名字重新命名。

怪物在抱著弟弟、妹妹屍體的他的耳邊輕聲細語。

在族人屍體、血腥味的包圍下，他的心早已被悲哀、憤怒、絕望所麻痺，怪物還在

他的心上刻下了永不消失的傷痕。

——來，刻劃在你胸口吧！

被封在甕裡的是無數的『羅剎』——吃人的怪物。他們祭拜羅剎，卻也懼怕羅剎。

被封在裡面的無數羅剎，在多次相互殘殺後，只剩下一隻擁有多重意志的怪物。

看到前方圍繞著京城的外牆，昌浩咬了咬嘴唇。

『沒時間了，丞按加快了速度。』

那傢伙的企圖是殺了殲滅他們全族的藤原兼家的繼承人，也就是繼承兼家的地位，成為一族之長的藤原道長。

所以丞按把中宮當成了目標。

兼家想取得的東西，道長也想取得。抱有相同的野心、想完成這個野心的人，就要接受丞按的復仇。

至今以來，不管丞按怎麼發動攻擊，都有一個陰陽師守護著藤原。

現在，最大的阻礙安倍晴明瀕臨垂死邊緣，他的繼承人也還不夠成熟，正好可以乘虛而入。

而且，中宮也彷彿在配合他似的，正好回娘家休養。她待在宮裡時，丞按無法下手，到了土御門府就不一樣了。

丞按要趁中宮在土御門府時，種下破滅的種子。

昌浩也知道丞按會怎麼做了，那是以自己的生命作為交換的激烈手段。

實在太恐怖、太悽慘了，昌浩拚命壓抑反胃作嘔的感覺。

『昌浩，你真的沒事？』

他默默對擔心的小怪點點頭，又搖了搖頭表示沒事。血壓還是持續往下降，他覺得噁心想吐，但是沒時間管這些了。

心跳加速，跳得很不自然，天狐的火焰搖曳，與心跳相呼應。

族人慘遭屠殺時，丞按的年紀跟現在的昌浩差不多。

昌浩陷入思考。

如果自己遭遇同樣的情況會怎麼做？譬如：自己心愛的家人被一意孤行的掌權者殺了。

如果擁有現在的力量，又可以驅使十二神將，自己會下達怎麼樣的命令？

他無法不去想這些，身體不停地顫抖。

『快找出丞按，必須阻止他！』

丞按的生命正一刻刻被侵蝕著，恐怕很快就會失去形體。只要佈局成功，即使命沒了，也能完成他的企圖。

一衝入京城，昌浩便停下來結印。

『昌浩？』

『我要找到那傢伙的所在位置。』

不是搜索丞按，而是搜索羅剎的氣息。

『因為丞按是人，卻吞下羅剎，奪取了它的力量。』

在大陸，將這個法術稱為『巫蠱』。

壓抑不住的劇烈衝動不斷折磨著他的身體。他已經痛得幾乎抓狂，卻還能把持自我，甚至帶著微笑。

『快了……就快了！……』

丞按喘著氣，搖搖晃晃地走到章子前面。

原本一動也不動的章子緩緩抬頭看著眼前的丞按。沒有表情的臉像是面具，看見的人可能會覺得，原來再清秀的臉龐缺少了意志力，也會變得這麼沒有魅力。

丞按用錫杖前端把章子的頭抬得更高，敞開自己胸前的衣服。

可怕的怪物頭部在他胸口浮現，吐出來的氣化為黑霧上升。他能擊倒十二神將的力量，就是來自這個怪物。

『好漫長的一段時間啊！』

他對著空氣說，把手按在羅刹的嘴上，感覺到怪物正猙獰地笑著。

『我的一切都給你了，把這個身體也吃了吧！我的靈魂和所有一切，都會在你體裡，和大家混在一起。』

章子的表情沒有任何變化，只是默默地看著丞按。

原本顯得興趣缺缺的凌壽，忽然抖動眼皮說：

『就是要這樣才有看頭。』

屍蠟般的嘴唇歪斜著。

沒多久，昌浩和小怪就衝進來了。

『丞按！』

怪和尚沒有回應大叫的昌浩，抓住章子的頭髮往上拉，這時候她的臉才出現了痛苦的表情。

『安倍之子，你知道這裡是哪裡嗎？』

昌浩無法回答這個突如其來的問題。

這裡是京城偏遠處的小宅院，很久沒有人整理過，但並不是那麼老舊。

昌浩是循著羅剎的氣息追來的，沒有想過這裡是哪裡。

丞按背對著昌浩，低沉的聲音帶著笑說：

『土御門府現在因為中宮被「神隱」了，正亂成一片。怎麼會有神隱這種事嘛！』

『因為你帶走了她啊！』

昌浩向前一步大聲怒吼，丞按這才回過頭看著他說：

『不，是她自己想離開土御門府，也是她自己想來這裡。』

『什麼……』

『她太想回到命運急遽變動之前的時光，所以希望能回到這個出生的地方。』

丞按出乎意料的話，讓昌浩張大了眼睛。

他環視周遭確認狀況，屋子裡幾乎沒有東西，看不到家具等物品。原本應該掛著的竹簾，可能是在變成空屋後被人拿走了。快壞掉的板窗很久沒有被拉起來過，窗框上已經蒙上厚厚的灰塵。地板也是一樣，殘留著足跡。中宮的衣服下襬沾滿灰塵，弄得又黑又髒。

無論如何，這裡的確是她出生的地方、度過平靜生活的地方、感受季節更迭的地方。

雖然一切都那麼遙遠、不確定，卻是她跟母親一起生活、等著父親來訪的地方，充滿了她身為『章子』時的記憶。

原本沒有看著任何東西的章子的眼睛，轉向了昌浩。

她認出昌浩，緩緩張大眼睛，打從心底開心地笑了起來。

『你果真來了……』

她的聲音出奇地開朗，顯得很興奮。昌浩覺得不對勁，訝異地看著她。

發現昌浩這樣的態度，她的笑容忽然消失了。

『為什麼這樣看著我？』

『中宮……』

不對，哪裡不對勁。在這裡的她的確是中宮，但不是昌浩認識的她，好像哪裡不太一樣。

她的臉上帶著悲哀，昌浩認識同樣的另一張臉。彰子的眼神閃過腦海，眼前是跟她

有著同一張臉，卻完全不一樣的女孩。

心臟撲通撲通猛跳。

章子抬頭看丞按時，昌浩瞥見她的下巴深處有道淺淺的傷痕。

昌浩體內的『血』騷動起來，一股言語無法形容的焦躁感揪住胸口，他無意識地叫了出來：

『小怪！』

昌浩要說什麼，小怪很清楚，隱形的勾陣也是。

這時候，屏氣斂息徹底隱藏存在的凌壽動了起來。

《昌浩！》

勾陣的『聲音』貫穿耳朵，昌浩反射性地向後退，及時閃過了從耳邊呼嘯而過的銳利爪子。

凌壽咂舌說：

『真是狗屎運！』

他本來以為可以乘機抓到昌浩，因為所有人的注意力都在丞按和章子身上。但是，那個礙眼的神將——打傷了他的囂張女人，卻阻撓了他的企圖。一次也就算了，還阻撓了兩次。

『啐！』

妖力窸窸窣窣上升，勾陣跳到正要逃走的天狐面前。

『休想逃！』

瞬間，天狐的力量迸開來，強烈的力量波動震倒了在場所有人。

雙臂交叉擋住眼睛的勾陣聽到章子的慘叫聲時很自責，她忘了這裡有無力的一般人類。

凌壽發起狠來，恐怕會危及章子，必須轉移戰場。

『騰蛇，接下來交給你。』

『勾？』

不等小怪回答，勾陣已經放出自己的通天力量。

她以右手抽出筆架叉，對著什麼也沒有的空間揮斬。

昌浩覺得全身寒毛倒豎。

從閃過亮光的軌跡颳起異於人界的強風。昌浩和丞按被風吹過，感受到一股從未遇過的強大靈壓，瞬間都呆住了。

像龍捲風般的颶風包圍了天狐凌壽。顯得頗感興趣而沒怎麼抵抗的凌壽，就那樣被勾陣撕裂的空間開口吞噬了。

『勾！』

小怪大叫，但是連叫聲都被風掩蓋了。勾陣也緊跟在凌壽後面，跳進了空間開口裡。

颶風吹得更狂烈了，風壓抑制了所有人的動作。

耳朵產生耳鳴，全世界的聲音都消失了。

最先從異常狀態恢復意識的是丞按。

『你可以吃了這個女孩！』

丞按抓住章子的下巴，強行撐開她的嘴巴大叫：

『羅剎，她就是你的新寄宿體！』

浮現在丞按胸口的怪物眼中閃著兇光，盯著章子。

從丞按身體穿出來的怪物，把緩緩伸出來的手臂搭在章子纖細的肩膀上，然後緊貼著呆若木雞的章子，就那樣消失不見了。

昌浩動彈不得。

丞按的執迷、章子的瘋狂震撼了他。

無數的死亡壓在胸口、扛在肩上的丞按所施行的偏激咒法，拖住了他的腳。火焰在他體內搖曳著，閃過大腦的光芒與冰冷也凍住了他的腳。

丞按敲響錫杖，回音震破耳膜。就在他猛然摀住耳朵時，丞按跳進了正要關閉的開口裡。

風突然靜止了。颶風是從那個開口吹出來的，出口消失，當然就靜止了。

掩不住焦躁的小怪，齜牙咧嘴地對茫然跌坐下來的昌浩說：

『你振作點啊！』

『剛才那是……』

小怪瞇起眼睛低聲咒罵著：

『那個笨蛋硬是把天狐拖進了我們平常待的異界。』

『咦？』

異界是與人界完全隔絕的另一個空間，雖然十二神將可以在那裡與人界之間來來去去，但並不是那麼容易到達的地方。

小怪的口氣異常暴躁。

『不只是凌壽，連丞按都跳進了異界……那地方不是人類待的地方。』

但是，把羅剎吞入體內的丞按已經不是人類，而是成了異形的怪物。

小怪終於明瞭，沒有那種可以徹底壓制他們十二神將的人類，因為那傢伙是怪物才辦得到。它甩甩頭，咬著牙說：

『要先處理好中宮的事，否則我們沒辦法行動。不是說大家都以為她被神隱了嗎？派個人送她回去吧！』

小怪瞥一眼倒在地上動也不動的章子，昌浩以嘶啞的聲音對它說：

『可是，羅剎那個妖怪在中宮體內……』

羅剎貼到章子身上後就不見了。不是消失了，還殘留著濃烈的氣息，飄散的妖氣強烈到連昌浩都看得見。

小怪看著章子的模樣說：

『的確是在她體內，可是還沒完全生根，現在以你的力量幫她淨化，應該不會有事。』

『啊！說得也是。』

被小怪這麼一說，昌浩才想起可以這麼做。小怪瞪著完全失常的昌浩，誇張地嘆了一口氣說：

『唉！你也振作點嘛！晴明的孫子。』

『不要叫我孫子！』

昌浩反射性地吼回去，再拍拍自己的臉頰振作起來。

他蹲下來抱起章子。

『中宮，妳醒醒啊！』

『中宮？』

章子失焦的視線四處游移，不久後認出是昌浩，以驚人的力量抓住了他的手臂。

『你……你遵守了約定……』

她的樣子閃爍著異樣的光芒。

『你說過會保護我……會保護我……』

突然，她整個人往後仰，眼睛張大到不能再大，停止了呼吸。

不久後，她發出不成聲的慘叫：

『啊啊啊啊啊啊！』

9

這片土地寂靜無聲。

第一次來到這個世界，淩壽發出了感嘆聲：

『喲……居然有這種地方。』

他試著伸展妖力，卻怎麼也到不了盡頭，可見這個世界比他想像中大多了。

他甩開前額過長的頭髮，忽然眯起了眼睛。

『感覺很不舒服，太像了。』

太像天狐生活的地方了，令他噁心想吐。

錫杖聲震天作響，勾陣及時躲過了丞按施放出來的法力攻擊。

『你怎麼會在這裡？』

勾陣一邊閃避攻擊，一邊大叫。丞按把杖頭指向她，說：

『覺得好玩就跟來了。』

那個天狐在這裡。丞按決定在死前，要殺了那個一次又一次阻撓自己的可恨怪物。

他們彼此都想殺了對方，有機會的話，凌壽恐怕早已殺了丞按。

勾陣左手握著筆架叉，擋開揮下來的錫杖。丞按的腕力超乎常人，力大無窮。

這就是羅剎給他的力量？

勾陣往後退，重新握好筆架叉。

對方是人類變成的怪物。

殺傷這樣的人，會不會觸犯十二神將的天條呢？

腦海中閃過騰蛇的身影。三度觸犯天條的他，背負著多麼沉重的罪孽啊！

丞按逐漸變得衰弱，因為他的生命被羅剎啃食得差不多了。

怪物已經轉移到章子身上，在她體內肆意妄為，從內側開始啃食，最後會把靈魂也啃光。等最後的一小片心也被啃盡，她就完全被同化了。

只有外表保持原來的樣子。

丞按發出咯咯的笑聲。

他已經佈好了局。

雖然自我就快喪失殆盡了，但身體腐朽後，還是會留下他的怨念。

難道說，屠殺族人的主謀已經不在人世了，他就該拋下仇恨嗎？沒那回事。隨著時間流逝，無處可宣洩的恨意與殺意就愈來愈強烈，成了羅剎的糧食。

『無力的神將，我把我做的事告訴妳吧！』

勾陣手握筆架叉凝視著丞按，面臨死亡的他，像死屍般的臉嗤嗤笑著。

昌浩和小怪注意到不斷發出慘叫聲的章子出現了異狀。

大概是侵入體內的怪物開始大鬧了。可是，體內同樣寄宿著羅剎的丞按，看起來並沒有那麼痛苦。

『救救我……』

章子喘著氣哀求，緊抓著昌浩的手不放，力量強大到令昌浩不安。

從剛才就有某種東西在體內震盪，是天狐之血引發了共鳴。

心臟撲通撲通跳動，逐漸增強，彷彿就要從昌浩的體內跳出來了。

章子還緊抓著他的手臂不放，指甲戳進了皮膚裡，頓時全身掠過燙傷般的疼痛。

『求求你……救救我！……』

體內的怪物帶著超乎尋常的怨念，使她的血液澎湃翻騰。

突然，章子彷彿變成靈魂出竅一般，表情陰沉，從剛才慘叫的嘴裡發出了可怕的呻吟聲。

『好痛……』

『為什麼？』

『我們做了什麼？』

『不要殺我們。』

『我們要報仇。』

『殲滅他們。』

『殺了藤原的後人。』

『殺光他們。』

『殺啊！』

好幾個聲音從章子的嘴巴迸出來，聲聲都帶著陰暗的怨懟意念，一句緊接著一句。

這樣呻吟了好一會，又變成章子自己的聲音，訴說著難以忍受的痛苦。

小怪茫然看著章子，接著緩緩轉向昌浩說：

『這是怎麼回事？』

昌浩邊拉開嵌入手臂的指甲，邊回答說：

『丞按施行的是巫蠱中最可怕的起屍鬼法。』

『起屍鬼……』

昌浩咬咬嘴唇說：

『他把彼此殘殺的羅剎吞入體內，再讓死靈在自己體內同樣彼此殘殺，成為擁有可怕力量的怪物……他把被殺死的所有族人，都當成了巫蠱的材料。』

小怪也驚訝得張口結舌。

『什……麼？……』

丞按說的事實太過悲慘，內容令人反胃作嘔，很難冷靜地去理解。

他吞下羅剎不是為了取得羅剎的力量，而是為了製作施行巫蠱的容器。人的身體容不下無數靈魂，所以他必須先把自己的身體變成怪物。

他把全族人的靈魂都吞入體內，當作起屍鬼法的材料，讓他們相互殘殺來鞏固怨念，使怨念更加強烈、純粹。

最後剩下怨念純度最高的族人變成的怪物，他再把吞下這個怪物的羅剎當成復仇的

道具。

以所有理智保持冷靜的勾陣，短短地迸出了一句：

『邪門歪道！』

『的確是。』丞按嗤嗤地笑了起來，以惡鬼般的表情說：『自從為了報仇而吞下那個怪物後，我就捨棄了人道。』

『既然這樣，』勾陣手上的筆架叉閃過銳利的光芒，全身毫不保留地冒著鬥氣，說：『把你當人看就錯了。既然是怪物，我們十二神將就該盡全力討伐。』

丞按笑著對威嚇他的勾陣說：『那個女孩再也生不出正常的孩子啦！』

『什麼？』

『只能生下帶著死靈意念的怪物，不管生幾個都一樣。而且，她的身心還會被侵蝕身體的羅剎妖氣拖入黑暗中，從此滅絕。』

寵愛這個女孩的皇上也一樣，這個國家總有一天會從頂端開始崩潰瓦解。

那個男人把過著平靜生活的族人當成螻蟻般屠殺，而這裡就是他的國家。

這種國家滅亡算了。

我們曾經什麼也不企求，只想過著平靜、祥和的生活。

『只可惜我沒有時間看到那個骯髒的女人生下骯髒的孩子了。』丞按哈哈大笑，揮起錫杖說：『也許安倍晴明救得了中宮呢！』

勾陣擋開他的錫杖，大聲叫罵：『那麼，你的企圖一開始就會失敗了，因為我們會取得天狐的天珠救晴明！這是你自己招出來的，丞按。』

晴明還活著，他不會在這種時候死去。他的天命還有寬限期，他的死還是很遙遠的事。

這是晴明親口告訴勾陣的，既然他這麼說，那個壽命就是真的。而十二神將也會竭盡全力讓這個壽命成真。

高淤說的『未成形的天命』，應該是『章子』的命運。只要昌浩與十二神將把她保護好，啟動她的宿命，星宿就會成形，顯現在占卜上。

『不要笑死人了，愚蠢、膚淺的神將！妳說的話才是夢話，因為……』

丞按稍作停頓，直視著勾陣身後。

勾陣看到映入丞按眼簾的景象。

隱藏氣息出現在勾陣身後的凌壽，正狠狠地伸出了銳利的爪子。

『唔！』

一發現映入丞按眼中的景象，勾陣的動作瞬間遲疑了一下，耳邊傳來丞按沉穩的輕聲細語：『因為妳就要死在這裡了。』

沉重的衝擊刺進勾陣的背部，從胸口穿出來。

黑曜石般的眼睛凍結，肩膀上方的黑髮凌亂飛揚，微張的嘴唇發出痛苦的喘息，滴下鮮血。

『啊……唔……』

又來了新的衝擊，第二隻爪子從左側鎖骨下方貫穿她的身體。

她突然想起一件事。

十二神將並非不死之身。

傷重不治時就會死亡，堆砌至今的所有一切都會消失。

然後，寄宿體會以變成空白的靈魂為主軸，在這個異界的某處重生。

過了半夜，在安倍家等昌浩回來的彰子已經靠著矮桌睡著了。

看到她那個樣子，天一把手指按在嘴唇上，困惑地偏著頭說：

『是不是要把她抱回房間呢？』

朱雀轉過身來，輕輕搖著頭說：

『不用了，她想在這裡等，就讓她待在這裡吧！』

『可是感冒就不好了。』

天一小心地不發出聲音，悄悄把外衣披在她肩上。

最好是讓她躺下來睡，可是那樣會破壞她的形象。而且，若昌浩回來時看到她睡在自己的墊被上，又要驚慌得目瞪口呆、東奔西竄了。

可以輕易想見那種場面的天一，不由得笑了起來。

就在她正想著該不該給燈台加點油時，那個感覺突然襲來。

一陣沉重的強烈衝擊貫穿左胸。

天一大驚，全身僵直，她身旁的朱雀也一樣。

不只他們兩人，連陪在晴明身旁的白虎、玄武和天后也都忘了呼吸。

留在異界的青龍和太陰差點因為突來的衝擊，使通天力量失控暴衝。

青龍以眼角餘光瞥見臉色發白的太陰抱著肩膀嘎噠嘎噠發抖，立刻趕到晴明身旁。

睡夢中的晴明，在青龍趕到的同時張開了眼睛。

『……不會吧！……』

晴明只這麼低囔一聲就說不出話來了。

衝擊更為強烈、帶來痛苦，是在那之後。

她覺得不能呼吸，胸口一陣灼熱。當她意識到那是從嘴唇溢出來的東西時，虛脫地跪倒在地。

全身重量都壓在貫穿胸口的爪子上，傷口承受不了重量而被撕裂，痛得她連叫都叫不出聲來。

『……』

她移動視線，懷疑自己所看到的東西。

爪子貫穿勾陣的身體，又插入了丞按的喉嚨。

『什麼……』

她的低吟與男人的咒罵重疊。

『凌……壽……』

丞按發出低沉的咳嗽聲，變黑的血從嘴巴噴出來。

儘管如此，丞按還是嗤嗤笑著。

當第二隻爪子穿過神將的身體，再插入自己的心臟時，他也無動於衷地呆呆看著。

他們彼此都想殺了對方，只是凌壽快了一步，如此而已。

丞按使出最後的力氣，用錫杖劈斷天狐的爪子。

爪子的碎片散落，胸部以下都被染成紅色的神將，瘦弱的身軀也不支倒地。

但是她的手還是緊抓著自己的武器不放，精神令人敬佩，只當個神將太可惜了。

丞按瞪著凌壽。

凌壽凝視著躺在地上的勾陣，突然蹲下來，抓住她的頭髮，把她的臉轉向自己。

勾陣吁吁喘著氣，微微張開眼睛，看到天狐歪斜著屍蠟般的嘴唇。

『你……』

鮮血隨著呼氣噴散開來，喉嚨深處有血腥味，感覺灼熱。

儘管如此，凌壽還是感覺到她強而有力的眼神，開口說：

『告訴妳一件有趣的事吧！』

當他像唱歌般敘述這件事時，生命的燈火已經完全熄滅的怪和尚，撲通倒在地上。遺體當場化為灰燼，像沙子般崩潰瓦解，消失不見了。

✦ ✦ ✦

『再見啦！如果妳能活下去，我就把天珠給妳。』

凌壽俯視著勾陣，咯咯地笑起來。

『不過，妳也不可能活下去啦！』

說完後，他就對勾陣失去了興趣，不耐煩地看看四周說：

『現在我該怎麼回到人界呢？』

硬是把自己拖來的人就快死了，叫她把自己帶回原來的地方，她恐怕也沒有那種力氣了。

『真糟糕，應該先問出回去的路再殺了她。』

為了洩憤，他用從胸口拔出來的爪子把勾陣的手臂固定在地上。穿過手臂正中央的爪子深深地插入地底，沒有那麼容易掙脫。

其實，她早就動彈不得了，就算不那麼做，她也只能躺在那裡。

『妳刺傷了我，這是妳該受的報應。』

淩壽摸著喉嚨撂下狠話就轉身離開了。

天狐的氣息完全消失後，勾陣拚命睜開了眼睛。

這裡是十二神將誕生、度過漫長歲月的地方。如果沒有人往來，就不會有道路通往人界。

天空通常待在這裡，太裳應該會陪在他身旁，現在太陰和青龍應該也在。

勾陣邊祈禱他們不會遇到淩壽，邊在地上奮力掙扎。

她必須轉達天狐說的話。

章子身上也被埋入了天狐的詛咒，會使羅剎失控暴衝。而且，只要詛咒存在，縱使把羅剎趕走，也除不去章子身上的污穢。這樣回到皇宮，不只羅剎的力量，連天狐的邪惡力量都會危害皇上的血脈。

她必須轉達這件事。

淩壽說，要讓章子完全復元，只能用天狐的生命去中和天狐的詛咒。

同樣是天狐，一眼就能看破這個詛咒，但是，天狐晶霞不會救章子。

因為要消除這個詛咒，必須使用天珠。

——這是為了保險。

有兩個人非救不可，而打敗凌壽取得天珠，也只能救一個人。

『……晴……』

老人的身影閃過腦海。

該獲救的人是你，可是當你知道這件事時，會作怎麼樣的選擇，不用問也知道。

勾陣緊咬嘴唇。

『……晴……明！……』

可是，不想辦法救章子，他們兩人都可能喪命。

我非傳達不可。

晴明、晴明，我非告訴你不可。

而且，我曾答應你會保護昌浩。

從今以後，不是守護你，而是守護你的繼承人。

這是主人的命令，我還沒有做到。

『唔……』

十二神將死後會失去一切。

你的命令或任何一切都會消失殆盡，不留一點痕跡。

我非傳達不可。

至少要找個人傳達。

在迷濛的視野裡，她彷彿看到一個修長的身軀。

我非傳達不可。

『騰……蛇……』

至少要傳達給你——

✦ ✦ ✦

貫穿身體的衝擊來得快、去得也快，一眨眼就煙消雲散了。

『小怪，你怎麼了？』

看到小怪突然全身僵硬，昌浩驚訝地叫喚它。

但是小怪沒有回應。

剛才掠過的衝擊，還有模糊不清的呼喚聲，是來自於誰？

它張大眼睛連眨都忘了眨，茫然地喃喃叫著：

『……勾？』

安倍晴明在玄武和白虎的攙扶下，勉強撐起身體。

『晴明，不要硬撐……』

他不理會神將們苛責的眼神，低聲說：

『把天空找來……』

『可是……』

他打斷急著開口的玄武，以嘶啞的聲音下令：

『快！……』

說完，就按著胸口躺下去了。

『晴明——！』

好痛苦。

好痛苦。

為什麼我必須承受這麼大的痛苦？

我做錯了什麼？

我只是想見到他而已。

我只是想跟他在一起，理所當然似的陪在他身旁而已。

不是只有她才能待在那裡吧？

因為不管是我或其他任何人，都不知道有什麼理由非她不可。

10

離出仕的時間還很久，安倍成親就被十萬火急的使者吵醒，心情很不好。

『真是的，搞什麼嘛！』

沒聽見雨聲，難道是雨層雲終於散去了？

他只要在曆表部製作曆表就行了，所以，只會在日常生活中必要的範圍內思考關於天氣的事。

大略看完使者送來的信後，他不悅的神情更加凝重了，久久沒說半句話。

天一亮，他便出發前往土御門府。

據說發生了神隱事件。

中宮竟然從侍女們眼前消失不見了。

陰陽寮長等幾十人都穿著正式服裝，排列在土御門府南庭臨時架設起來的祭壇前。

接到通知的左大臣大驚失色，把陰陽寮的幾個大頭全找來了。

他嚴肅地使個眼色，以伯父為首的安倍氏族之長與賀茂氏族之長等人就全到齊了。

難得看到這種大頭齊聚一堂的場面，卻令人不禁感嘆。

左大臣不愧是當代第一大貴族、中宮的父親，大概是想傾注他所有力量，找出女兒的下落吧！

『看這情況，應該是寺院、神社、佛堂全動員了吧？』

口中唸唸有詞的他完全猜中了。

祈求中宮平安歸來的祝禱開始一段時間了。

從黎明時刻到接近黃昏的現在，祈禱不曾停止過。

熊熊燃燒的護摩②火焰幾乎要把天空燒焦了，卻還是沒什麼效果。

『如果被高野或比叡山的人先找到中宮，陰陽寮就顏面掃地了。』

悄悄溜出來喘口氣的成親忽然瞪大眼睛，轉動脖子。

他發現附近有神將降臨的氣息，而且不只一個，是很多個。

他集中意識搜尋神氣，看到了披著深色靈布的修長身影。其他神將應該也在，但是只有六合讓成親看得見他。

茶褐色頭髮的神將無言地指向護摩。

在祭壇前熊熊燃燒的護摩火焰前方是一片瀲灩的水池。

成親跟剛才溜出來時一樣，又悄悄地回到了自己的位置。

他觀察父親吉昌的神情，想知道十二神將來做什麼，但是父親似乎什麼也不知道。

不過，吉昌也可以感覺到十二神將的神氣，所以察覺他們的存在後，表情變得有些僵硬，站在他旁邊的伯父吉平也是一樣。

『這種時候天文生就不會被召來，真輕鬆啊！好羨慕。』

當然，直丁也一樣。

就在他想起兩個弟弟，把嘴巴撇成ㄟ字形時，風向變了。

原本從南方徐徐吹來的風突然從四面八方吹來，搧動了護摩火焰。看到火焰燃燒得比剛才劇烈許多，成親立刻猜到是白虎和朱雀做的。

接著，覆蓋天空的雲從中間裂開了。

陰陽寮的人一陣騷動，不知道那暗示著什麼，全都狼狽得臉色發白。

其中只有安倍家三人鎮定地看著護摩。

如果有什麼，應該跟護摩有關，六合的視線不也那麼暗示了嗎？

燃燒熾熱的火焰被風吹得像帳子般蔓延開來，卻又突然萎縮熄滅了。水池與護摩壇之間，不知何時出現了一個少女，背對著大家。

『那是……』

有人發出嘶啞的聲音。

目不轉睛地看著這一切的侍女們，都邊喊，邊衝向少女。

『中宮！』

『太好了，您平安無事……』

『快拿外衣來！』

皇上的妻子不能拋頭露面。

侍女們先用自己的身體擋住中宮，再用外衣蓋住她。在侍女們的包圍下，可憐的中宮被帶進了寢殿。

『您平安無事，真的太好了！』

用袖子擦拭眼角的侍女，伸手撐扶中宮按壓著外衣的手臂。

就在這時候，中宮稍微露出了左手腕。

成親不經意地一瞥，頓時瞠目結舌。

中宮的左手腕上有樣東西……

他瞞著周遭的人偷偷移動視線尋找十二神將，但是，已經完成任務的他們早已離開現場。

回到寢殿淨身後的中宮，窩在床帳裡，直低著頭。

床帳都放下來了，侍女們不會往裡面偷窺。但是，因為大家都擔心遭遇恐怖神隱事件的她，所以隨時都有人注意著這裡的狀況，她可以感覺得到。

『中宮，您有沒有被怎麼樣？』

侍女戒慎恐懼地問，她卻以出乎意料的清晰聲音回答說：

『沒有……已經不太記得了，對不起。』

『別這麼說，沒有就好，今晚好好休息吧！』

『嗯。』

『還有，皇上和左大臣大人都很擔心您，決定在齋戒淨身日結束後就送您進宮，所以請先作好準備。』

中宮緊緊閉上了眼睛。

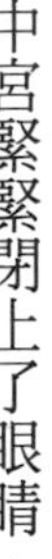

她用右手握住左手腕上的瑪瑙飾品，拚命壓抑聲音中的顫抖，說：

『我知道了……』

瑪瑙的冰冷奪去了肌膚的溫度。

她像祈禱般，雙掌合十抵在額頭上。

——對不起……可是，只能這麼做了……

昌浩壓抑感情這麼說，還頻頻低頭說對不起。

『！……』

《小姐……》

聽到安慰自己的聲音，彰子對那個聲音搖了搖頭，從喉嚨裡擠出非常、非常小的聲音叫著：

『……昌浩！……』

晴明雖然再度陷入昏睡狀態，但身體狀況還算穩定。

一直陪在晴明身旁的玄武和白虎，為了送彰子而必須短暫離開。

來代替他們的小怪也因為昌浩有事找它，離開了一會。

這期間，晴明身旁沒有任何人陪伴。
就像等待這一刻似的，一個身影無聲無息地出現了。
銀色長髮飄逸，從髮間隱約可見少女般的面容。
天狐晶霞深邃得令人驚歎的眼睛，俯視著虛弱沉睡的老人。
片刻後，她單腳蹲下，把手指伸向晴明的額頭。

小怪回到屋內，忽然停下腳步，環顧室內。
『……』
它仔細看著晴明的臉。
昏睡的老人臉上沒什麼精氣，形容枯槁。
看著看著，小怪發現他乾燥的嘴唇微微蠕動著。
側耳傾聽，可以聽見吐氣般微弱的喃喃低語。
『……』
夕陽色的眼睛眨了一下。
老人說完後，就沒再說任何話了。

小怪又觀察了好一會，晴明還是呈現昏睡狀態。
難道剛才那只是夢話？
它在晴明枕邊坐下來，疑惑地喃喃自語：
『……為什麼？……』

小怪的陰陽講座

②簡單地說，『護摩』就是燃燒檀香木、柳枝、松枝等七種樹枝，代表以智慧之火焚燒煩惱，並驅魔、祈福。

後記

前幾天在跟N崎講電話時，聊到很有趣的話題，我就跟她說：

『好，下次的後記就寫這個！』

虧我還擺出了Guts pose③，電話那頭卻冷靜地戳破我說：

『可是，結城，妳寫這個，很可能像第五集那樣，只有後記飛來狂風般的回響哦！粉絲來信會再度一面倒呈現那種反應。』

『那還是算了……』

太有趣的後記，有時是雙面刃，凡事恰到好處最好。

好久不見了，大家好，最近過得怎麼樣呢？我是結城光流。

《少年陰陽師》第十二集了。

首先進行我們的例行公事。

第一名是如怒濤般持續快攻的主角安倍昌浩。

第二名是逐漸挽回頹勢，卻還是追不上第一名的小怪（包括紅蓮）。

第三名是地位已經鞏固、人氣穩定的神將六合旦那。

接下來是值得信賴的大姊頭勾陣、安倍家的大哥成親、昌浩的心靈寄託彰子、玄武和太陰兩個小朋友，成熟穩重的天后與酷勁百分百的風將並駕齊驅。在生死邊緣徘徊的爺爺也贏得不少死忠粉絲，天一的天真爛漫也急遽受到矚目。

在前一集的後記中，我說會演變成『那個人怎麼會那樣?!』的狀況。結果大大顛覆了我的預測，變成『那些人怎麼會那樣?!』……我當初的預定確實是一個人，沒想到寫著寫著，就變成那個人和那個人還有那個人統統都那樣了。唉！小說就是不知道會發生什麼事才有意思。我是說真的嘛！我的眼神飄來飄去並沒有什麼特別的意義哦！

讓大家久等了，接下來是劇情ＣＤ少年陰陽師『風音篇』的後續報導。因為『風音篇』的關係，飾演天一角色的田中理惠，也在她擔任廣播的電台播出了ＣＤ。少年陰陽師真的帶給了我許許多多的驚喜。

『風音篇』陸陸續續出現了許多新角色，不寫出來的話，後記就沒有存在意義了！

朱雀是鈴村健一、太陰是今野宏美、藤原敏次是福山潤、榎立齋是陬訪部順一，還

有，相當於『風音篇』女主角的風音是由折笠富美子飾演。其他也都是超豪華配音演員，以最大卡司陣容呈獻給大家。我現在就已經很期待那一幕、這一幕了，希望能趕快聽到！

不管是從『窮奇篇』延續至今的演員，或是新加入的演員，都完全符合我的想像，甚至超越我的想像。我每天都握緊拳頭感歎著——能成為作家真好！

就在我下定決心要非常努力、非常努力時，居然在這個冬天一開始就感冒了，躺了整整一個禮拜……而且這次的感冒還特別難纏呢！不管我怎麼吃藥、躲在棉被裡，燒就是不退。最後甚至演變成我自己覺得精神不錯，卻還是會微微發燒、帶點暈眩的末期現象。可是工作毫不留情地一件接一件而來，我只好欺騙自己完成工作，嗚嗚……都怪我平常太不懂得養生了，身體是做所有事情的本錢。

當這本書出版時，應該已經過了流感預防接種時期，我也差不多完全復元了。不過，在季節轉換之際，大家還是要小心，不要搞壞身體。

我已經大徹大悟，最要小心照顧的就是自己。生病後才知道健康的可貴……健康真的是最大的財富。

這本書最後以『那種方式』結束了，可是，我的下一本書並不是少年陰陽師的續集。

——讓大家久候了。

這句話獻給長期等待的各位。

He's back.（『大搜查線』是傑作，我很喜歡。）④

那個男人就要回來了，他是上天下地唯我獨尊、桀驁不遜、天下無敵的代名詞。他的時代要從少年陰陽師的時代往前回溯兩百年，白天是中務省的侍從，晚上是冥界大門的裁決者。擁有兩種不同面孔的男人——冥府官吏小野篁來了！⑤

離上一集已經很久了，寫作中又經過了不少時間，所以篁成了大帥哥，有種『這個大帥哥是誰啊』的感覺。

在前幾天出版的雜誌，我已經寫了復出後的第一篇短篇故事，好久不見的篁與融，感覺上就像陌生人。不過，也因此寫起來很有新鮮感（目前還沒有決定這篇短篇會不會收錄在文庫本裡）。

《篁破幻草子》第三集《原比宿命還深》（宿命よりもなお深く）已經完成，書名說不定還會改。

希望能在櫻花季節呈獻給各位。至今只看《少年陰陽師》的讀者們，如果也能藉此

機會看看這本書，我會很高興。我會好好努力，敬請期待。

那麼，《少年陰陽師》的續集呢？那個人和那個人還有那個人會怎麼樣呢？

呃，妳說是什麼時候呢？Ｎ崎。

『夏天。啊！我是說舊曆。』——by Ｎ崎。

咦……咦咦咦咦？起碼在新曆嘛！非新曆不可！

中間夾雜了《篁破幻草子》，所以會拉開一段時間。不過，ＣＤ陸續出來了，在這期間，如果大家能享受ＣＤ帶來的樂趣，就會覺得第十三集轉眼間就出版了。結城在ＣＤ上也下了很大的工夫，所以一定要聽哦！

季節變化時，我的身體就會出問題，所以我開始喝花草茶，不過會持續到什麼時候就不知道了（笑）。

因為是混合的花草茶，口味清淡，所以目前還沒厭倦。

工作時，往往一坐就是好幾個小時，『在家裡也會得經濟艙症候群』這個笑話，我已經快笑不出來了，所以要注意補充水分。

我還是很喜歡喝紅茶，所以看心情，有時沖紅茶，有時沖花草茶。
現在身旁也有冰的花草茶。
就寫到這裡了，希望能在《篁破幻草子》再與各位相見。

結城光流

小怪的陰陽講座

③所謂的『Guts pose』，就是握緊拳頭往上舉高，表示很高興的一種姿勢。
④『He's back.』是織田裕二主演的日劇『大搜查線』的經典對白。
⑤除了《少年陰陽師》之外，結城老師還有另一套備受歡迎的著作：《篁破幻草子》，全套共有五集，小野篁就是書中的主角，表面上他是皇宮裡的新貴，其實另有一個不為人知的身分：冥府官吏。

大陰陽師 安倍晴明

我將顛覆天命

狂風、沙暴、水攻、電擊、烈火……
安倍晴明單挑十二神將的震撼初相遇！

安倍晴明討厭人類。
身為半人半妖的他一向獨來獨往，既然被當成異類，他也不想跟人們有什麼牽扯——直到他遇見了橘家小姐。
祭典上，橘小姐乘的牛車突然發狂向前衝，千鈞一髮之際，晴明救了她，卻發現她被妖魔纏身了！
明明討厭人類，晴明卻莫名想保護這個女孩，然而那妖魔實在太怪異，他根本打不過，除非他能駕御傳說中「十二神將」的通天神力！
可是，十二神將不但力量一個比一個強大，而且心高氣傲，絕不輕易臣服於人。想讓他們認可自己是唯一主人，不只要靠陰陽師的實力，安倍晴明還必須賭上一切，證明自己的心……

● 中文版書封製作中

高潮迭起的【天狐篇】傳奇！

玖 眞紅之空

全新單元天狐篇懸疑登場！
新敵人攻勢凌厲一波接一波！千萬不可錯過！

與宗主激烈大戰之後，昌浩雖然被奶奶若菜救回了一命，卻失去了身為陰陽師絕不能少的靈視能力！儘管如此，看不到鬼神的昌浩卻仍然看得見紅蓮變身的小怪，只是小怪的態度非常冷漠——喪失了過往那一段記憶的小怪，甚至連昌浩的名字都忘記了！就在此時，當地出現了許多黑色的人面妖獸作怪……

拾 光之導引

你溫柔的雙眸，是我永不熄滅的光之導引！

消滅了在地方上作怪的吃人妖魔傲狼以後，安倍昌浩和大哥成親、眾神將一起從出雲啟程回平安京，卻面臨了前所未見的衝擊！一向身體硬朗的祖父晴明，如今竟然臥病在床！難道晴明的大限快到了？昌浩一心一意記掛著祖父的安危，卻沒發現在暗處有對鉛灰色的眼睛正冷冷看著這一切……

拾壹 冥夜之帳

這一次，安倍晴明會因昌浩而死嗎？

邪惡的天狐凌壽故意攻擊晴明，引誘晶霞現身。虛弱的晴明就快無法承受在他體內流竄不安的那股巨大力量，只要再使用一次離魂術，他就會死！這個消息對十二神將來說簡直就是青天霹靂，昌浩更是完全無法接受。心煩意亂的他一方面求助於高龗神，拚命想找出能救回爺爺的方法，另一方面自己卻也因為身體裡蠢蠢欲動的天狐烈焰而飽受折磨……

死而復生的風音成了敵人的棋子?!

攻擊昌浩的神秘術士『真鐵』竟然竊取了風音的身體與靈力！遭到真鐵猛烈攻擊的昌浩，陷入瀕死邊緣，失去了意識。因為不能傷害人類而無法隨意反擊的神將們，傷勢也十分慘重，無法阻止真鐵和跟隨他的妖狼將昌浩帶走！面對這個始料未及的危急狀況，安倍晴明做了某個決定……

第一本番外短篇集

捌 夢的鎮魂歌

《少年陰陽師》系列靈感的原點！

吹散記憶迷霧～小怪初登場，竟然從大樹上摔下來?!看不見妖怪的昌浩，如何完成降妖除魔的『第一次』？『晴明的孫子』安倍昌浩和拍檔小怪的友誼前傳！
追逐妖車軌跡～速度奇快的不明妖車在京城裡到處作怪！為了追捕它，昌浩和小怪乘著忠心耿耿的老實妖車『車之輔』四處奔波……
夢的鎮魂歌～為了躲避過年期間來訪的人潮，彰子暫時搬離安倍家，住進了一間荒廢已久的空屋，卻在暗夜裡聽見了哀怨的琴音……
玉帚掃千愁～晴明三更半夜偷偷溜出家門，原來是去找難搞出了名的貴船祭神──高龗神一起喝酒?!

四個高潮迭起的短篇故事，充分展現了不同於正傳的極致魅力，每一個故事都出人意料地精采，不容錯過！

降妖伏魔【窮奇篇】

壹 異邦的妖影

繼《陰陽師》後最熱門的奇幻冒險故事！
已改編成漫畫、動畫、有聲書和廣播劇！

大陰陽師安倍晴明的十三歲小孫子昌浩天生擁有可與祖父匹敵的強大靈力，個性不服輸的他，立志要成為超越晴明的偉大陰陽師！在小怪的守護下，昌浩努力地修行著。一天，後宮突然沒來由地發生了一場大火，而昌浩與小怪竟察覺到一股極不尋常的妖氣……

貳 黑暗的呪縛

日本亞馬遜網路書店五顆星最高評價！

為了尋找擁有純潔靈力的左大臣之女彰子，噬食她的血肉以治癒身上的傷口，異邦大妖怪窮奇率群妖悄悄潛入平安京，而只有昌浩識破了它們的形跡！經過了一番生死激鬥，妖怪們元氣大傷，被昌浩逼回了暗處。然而，此時卻出現兩隻怪鳥妖，向窮奇獻上了奸計……

叁 鏡子的牢籠

安倍昌浩VS.大妖魔窮奇的最終決戰！

經過一場天崩地裂的激烈大戰後，昌浩終於救出了彰子，然而窮奇卻率領著手下神秘消失了。就從這時候開始，京城發生了許多人無緣無故失蹤的『神隱』事件，昌浩懷疑他們是被異邦的妖怪抓走的！為了查出真相，他夜夜和小怪一起尋找窮奇的蹤影。此時，卻傳來了彰子即將入宮的消息……

驚濤駭浪【風音篇】

肆 災禍之鎖

全系列熱賣衝破350萬冊！

在與異邦大妖魔窮奇的決戰之後，昌浩重回當個菜鳥陰陽師的日子。可是他卻被同僚排擠，吃足了苦頭。就在這個時候，藤原行成大人突然被怨靈糾纏，命在旦夕，而晴明的占卜中更出現了詭譎的黑影──原來，怨靈的背後有一個靈力強大的神秘術士在操弄這一切……

伍 雪花之夢

十年前企圖殺害昌浩的神秘主謀再度現身！

自從異邦的妖影被消滅之後便未再現身的高龗神，某日卻無預警地再次附身在昌浩身上，離去前還留下了一句話：『最近恐怕又會有事發生……』被高龗神附身的事，昌浩毫不知情，他更煩惱的是自己消滅了怨靈後，開始每晚做惡夢，夢中有個陰森的東西纏住了他！……

陸 黃泉之風

風音的身世之謎終於揭曉！

被六合救回一命的風音，完全不知道自己差點被宗主害死。為了幫助他開啟『黃泉之門』，風音在京城各處打通了許多連接黃泉的瘴穴。混濁的瘴氣不但讓妖怪變成了噬人怪物，從中吹出的黃泉之風更遮蔽了代表帝王的北極星，凡是與皇室有關的人都被下了死亡的詛咒……

柒 火焰之刃

該殺了紅蓮，解放他的靈魂？還是什麼也不做，眼睜睜看著他被瘴氣所吞噬?!昌浩做出了第三種選擇……

在宗主的指使之下，風音用縛魂術控制了紅蓮的心神，使他完全陷入瘋狂，甚至想要殺了昌浩！原來，宗主的真正目的是要得到紅蓮，利用他的血破除神明封印，然後率領黃泉大軍一舉入侵人間！為了再一次阻止宗主，高龗神賜給了昌浩『弒神的力量』……

國家圖書館出版品預行編目資料

少年陰陽師.拾貳.羅剎之腕 / 結城光流著；涂愫芸
譯. -- 初版. -- 臺北市：皇冠, 2009[民98].3
面;公分. --(皇冠叢書；第3835種 少年陰陽師；12)
譯自：少年陰陽師 羅刹の腕を振りほどけ
ISBN 978-957-33-2516-1(平裝)

861.57 98000388

皇冠叢書第3835種

少年陰陽師 12

少年陰陽師——羅剎之腕

少年陰陽師
羅刹の腕を振りほどけ

作　　者—結城光流
譯　　者—涂愫芸
發 行 人—平雲
出版發行—皇冠文化出版有限公司
台北市敦化北路120巷50號
電話◎02-27168888
郵撥帳號◎15261516號
皇冠出版社(香港)有限公司
香港上環文咸東街50號寶恒商業中心
23樓2301-3室
電話◎2529-1778 傳真◎2527-0904
出版統籌—盧春旭
責任編輯—丁慧瑋
印　　務—林佳燕
校　　對—余素維・陳秀雲・丁慧瑋
著作完成日期—2005年
初版一刷日期—2009年3月
初版四刷日期—2013年1月
法律顧問—王惠光律師

讀者服務傳真專線◎02-27150507
電腦編號◎501012
ISBN◎978-957-33-2516-1
Printed in Taiwan
本書特價◎新台幣199元/港幣67元